조정래 대하소설

아리랑

청소년판

조정래 대하소설

아리랑

청소년판

9

[제3부 어둠의 산하]

조호상 엮음 | 백남원 그림

해냄

미래의 나침반이며 등불

흔히 학생들이 싫어하는 공부에 꼽히는 것이 수학 다음에 역사다. '연대 외우느라고 머리에 쥐가 난다'는 게 그 이유다. 주입식 암기 교육이 저지른 병폐다. 그건 잘못된 일본식 교육의 잔재인 것이다.

역사교육은 '연대 외우기'가 아니라 '그 흐름의 이해'여야 한다. 이야기로서의 역사 흐름을 이해하게 되면 연대는 부차적으로 기억하게 된다. 그런데 시험문제를 연대 암기식으로 내니 학생들이 역사 공부에 진저리를 칠 수밖에 없다.

또한 역사에 대한 일반적 인식도 문제다. 흔히 역사란 '과거'라고 생각한다. 그것은 '시간'만을 한정해서 생각한 아주 잘못된 인식이다. 시간의 흐름이란 한 줄기로 계속 이어져 흐르는 물의 흐름과 같고, 우리 인간들의 생명의 흐름도 그와 다를 게 없다. 따라서 나는 아버지로부터 왔고, 아버지는 할아버지로부터 왔다는 이 쉽고 평범한 사실을 명심하는 것, 그것이 역사 인식의 기본이다. 그러므로 어제는 오늘의 아버지이고, 내일은 오늘의 아들인 것이다. 이 필연적 연속성에 의해 역사는 '지나가 버린 과거'가 아니고 '살아 있는 현재'이며 '다가올 미래'인 것이다. 그래서 역사는 오늘의 좌표를 설정하는 교훈이고, 문제 해결의 방법을 알려 주는 열쇠가 된다. 또한 역사는 미래를 가리키는 나침반인 동시에 미래를 밝혀 주는 등불인 것이다.

우리 한반도는 강대국들 사이에 끼어 있는 작은 땅이다. 우리가 하필 이 작은 땅에 태어나, 살다가, 여기에 뼈를 묻어야 하는 건 우리의 힘으로는 어찌할 도리가 없는 우리의 운명이고 숙명이다. 이 작은 땅, 약한 나라라서 5천여 년 동안에 크고 작은 외침을 931번이나 당했고, 끝내는 일본에게 나라를 빼앗기는 굴욕을 당하고 말았다.

'과거를 기억하지 못하는 사람은 그 과거를 되풀이한다.' 철학자 조지 산타야나의 말이다. '역사를 망각하는 민족에게는 미래가 없다.' 독립투사 단재 신채호 선생의 말이다. 치욕스러운 역사일수록 똑똑하게 기억해야만 하는 이유가 거기에 있다. 그래서 나는 일제 강점기의 굴욕과 핍박과 저항을 『아리랑』에 썼다.

그런데 그 이야기가 너무 길어 공부도 벅찬 학생들에게 꽤나 부담이 될 것 같았다. 그래서 좀 가볍고 쉽게 읽을 수 있도록 '청소년판'을 새로 엮게 되었다. 아무쪼록 우리 민족의 역사를 이해하는 데 청소년 여러분들의 친근한 벗이 되기를 바란다.

광복 70년, 분단 70년에

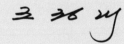

차례

제3부 어둠의 산하

※ 일러두기

조정래 대하소설 『아리랑 청소년판』은 원작 『아리랑』을 청소년의 눈높이에 맞춰 분량을 줄이고 내용을 다듬는 것을
원칙으로 하였습니다. 다만, 소설의 특성상 역사 속 사건들의 현재성을 유지하기 위해 원작에서 사용한 방언 및 어
휘를 그대로 따랐음을 알려드립니다.

30

서러운 넋들

4월인데도 군산 부두에는 배에 실을 쌀가마니들이 줄을 잇대고 있었다. 노동자들은 쌀가마니를 하나씩 어깨에 올리고도 가뿐가뿐 뛰었다. 오히려 배에 쌀가마니를 부리고 빈 몸으로 돌아오는 노동자들의 발걸음이 무거워 보였다. 하역장에서 배까지 쌀가마니를 떠메고 뛰다시피 했으니, 돌아올 때는 숨이 턱까지 차고 다리가 후들거릴 수밖에 없었다.

"차암, 알다가도 모를 일이시."

한 남자가 오른쪽 어깨와 목에 댄 포대를 왼손에 거머잡으며 고개를 갸웃거렸다.

"뭐가?"

다른 남자가 소매로 이마의 땀을 훔치며 곁눈질했다.

"저 원산 부두 일 말이시. 그래도 석 달씩이나 싸우지 않았능
가?"

"일이 안 될라고 그리 길어진 것이제. 날품팔이들헌티 석 달이
면 얼마나 긴 세월이여."

"그러니 끝까지 버텼어야제. 우리가 없는 돈에 동정금을 걷어
보낸 것도 그런 뜻 아니었능가?"

"여기저기서 동정금을 보냈응게 석 달씩이나 버틴 것이제. 왜놈
들이 얼마나 독허게 잡도리를 혔으면 그리 오래 버티고도 빈손
털었겠능가?"

그들은 원산 부두 노동자들의 총파업 이야기를 나누고 있었다.
1월 말에 일어난 총파업은 장장 3개월을 끌다가 결국 실패로 끝
났다. 그 소식을 들은 군산의 부두 노동자들은 다들 아쉬워했다.
그들의 실패는 바로 자신들의 실패였던 것이다.

쌀가마니가 산더미를 이룬 하역장에서 뱃머리까지 노동자들은
두 줄을 이루고 있었다. 한 줄은 쌀 짐을 옮기는 사람들이고, 다
른 한 줄은 쌀 짐을 부리고 돌아오는 사람들이었다. 그 속에서 몇
몇 여자들이 빗자루와 쓰레받기를 들고 잽싸게 움직이고 있었다.
낙미쓸이들이었다.

그런데 아까부터 십장이 먼발치에서 한 여자를 노려보고 있었

다. 그러다가 갑자기 소리치며 그 여자 쪽으로 달려갔다.

"거기, 4번 낙미쓸이! 그리고 그 앞에 가는 놈, 당장 거기 서!"

십장의 눈은 틀림이 없었다.

그 여자와 앞서 가던 인부 사이에는 마치 씨앗이라도 뿌린 듯 쌀알이 한 줄로 떨어져 있었다. 누가 보아도 저절로 떨어진 게 아니었다.

"요런 싸가지 없는 것들, 아주 한패를 잘 짰구나. 당장 따라와!"

십장은 들고 있던 막대기로 남자의 배를 사정없이 찔렀다.

"아이쿠메!"

여전히 쌀가마니를 어깨에 지고 있던 남자의 허리가 꺾이며 쌀가마니가 나뒹굴었다.

"십장 나리, 잘못혔구만이라. 새끼들이 독헌 감기를 앓아 약값 댈라고 지가 강 샌을 졸랐구만이라. 강 샌은 아무 잘못 없구만요."

여자는 손을 맞비비며 실토했다. 남자는 배를 움켜쥔 채 쪼그리고 앉아 있었다.

"잡소리 말고 따라와!"

십장이 눈을 부라리며 돌아섰다.

여자는 울상이 되어 십장의 뒤를 따랐다. 그 남자도 겨우 몸을 일으켜 걸음을 옮겼다.

"여기다 다 털어봐!"

사무실로 들어선 십장은 막대기 끝으로 바닥을 가리켰다.

"야아, 십장 나리 강 샌은 아무 죄가 없구만이라. 지가 졸라서……"

"어허, 잡소리 말엇!"

십장이 버럭 소리를 질렀다. 그리고 남자에게 물었다.

"며칠 되았어?"

"사날 되았구만요."

여자가 쌀알을 털다 말고 말했다.

"되았어. 나중에 와서 계산 보고, 둘 다 당장 나가!"

"아이고메 십장 나리, 지만 나가고 강 샌은 그냥 눈감어 주시게라우. 우리 새끼들이 불쌍혀서 강 샌이 못 헐 일 헌 것이랑게라. 내가 어찌 낯 들고 살라고……"

여자가 십장 앞에 무릎을 꿇으며 매달렸다.

"요런 뻔뻔헌 여편네 보소. 썩 안 나갈 것이여!"

십장이 곧 후려칠 듯 막대기를 치켜들었다.

"그만 가 봅시다."

남자가 맥이 다 빠진 소리로 말하며 먼저 사무실을 나갔다. 여자도 어쩔 수 없다는 듯 몸을 일으켰다.

서류를 정리하려고 사무실에 와 있던 손판석이 그 모습을 물끄러미 바라보고 있었다.

"그나저나 한겨울도 아닌디, 무슨 놈의 돌림감기가 이리 지독헐까?"

사무실에 있던 한 사람이 걱정스레 말했다.

"노인들허고 아그들이 걸리면 위태허다드랑게."

"어허, 위태헌 것이 아니고 벌써 저승 가마 탄 사람이 많다는 것이여. 우리 동네도 노인이 둘이나 떴어."

그런 말들을 더 듣고 있기가 불길해서 손판석은 슬그머니 밖으로 나왔다. 끝에 아이 둘이 벌써 며칠째 독감을 앓고 있었던 것이다. 한약을 달여 먹였지만 차도가 없었다. 서무룡이를 통해 병원에도 데려가 보았지만 아무 효과가 없었다.

손판석은 일이 끝나자마자 집으로 들어갔다.

"삼월이는 고비를 넘긴 것 겉으요. 지가 밥을 찾고, 토허지도 않는구만이라."

집에 들어서자 오랜만에 낯꽃이 풀려 아내가 한 말이었다.

"그려! 칠성님이 살피시는갑네."

손판석은 칠성님을 찾고 있었다.

아내 말대로 딸아이는 밤에도 열이 오르지 않았다. 그러나 막내아들은 더 심해진 것 같았다.

다음 날 밤, 열에 들떠 숨을 할딱거리던 막내가 갑자기 눈을 떴다.

"엄니, 밥…… 쌀밥 줘, 쌀밥……."

"잉, 그려. 니도 인제 고비를 넘기능갑다. 기다려라, 얼른 해 올 것잉게."

부안댁은 부랴부랴 밥을 지어 왔다.

"막둥아, 여기 쌀밥 있다, 쌀밥. 물부터 먹고 밥 먹자."

부안댁이 막내아들을 안아 일으켰다. 아이는 쌀밥을 보더니 느닷없이 밥그릇을 잡아채듯 끌어안았다.

"아이고, 아무도 안 뺏어 먹을 것잉게 찬찬히 꼭꼭 씹어서 먹어."

부안댁은 막내아들의 입에 물을 한 숟가락 떠 넣었다. 그러나 아이는 물을 뱉어 냈다. 그러더니 고개가 옆으로 픽 기울었다.

"아가, 막둥아, 어째 이려!"

부안댁이 당황한 목소리로 품에 안긴 아이를 흔들었다.

그러나 아이는 이미 숨이 끊어져 있었다.

"아이고메 세상에나!"

부안댁이 통곡을 터뜨리며 방바닥을 쳤다.

"이놈아, 이놈아……."

쌀밥 그릇을 끌어안은 채 숨이 끊어진 일곱 살 막내아들의 어디를 붙들지 몰라 허둥거리는 손판석의 목소리도 잠겨 들고 있었다.

손판석은 다음 날 야산 자락에다 봉분 없는 아기 무덤을 썼다. 묘를 쓰고 있는 야산은 한두 군데가 아니었다. 유행성 독감은 사람들을 마구 잡아가고 있었다.

　지게를 진 김장섭은 남상명 집으로 들어서며 인기척을 냈다. 죽림댁이 부엌에서 달려 나왔다.

　"뭐하러 또 요리 일찍 오는가? 고단헌디 한숨이라도 더 자제."

　죽림댁은 웃으려고 애쓰며 고마워했다.

　"좀 어떠신게라?"

　김장섭의 눈길은 방 쪽으로 갔다.

　"무슨 놈의 감기가 그리 독헌지……."

　고개를 젓는 죽림댁의 목소리에 금방 물기가 묻어났다.

　"참말로 탈이시…… 요런 때 만표, 만기 성님들이 딱 들이닥쳐야 허는 것인디……."

　"누가 아니랴. 고것들이 10년 넘게 어디를 떠돌아다니면서 애비를 이리 외롭게 만드는지 모르겄단 말이시. 그동안 그놈들 얘기 입도 뻥긋 안 허든 양반이 요새 자꾸 입에 올린단게로. 자다가 헛소리로 부르기도 허고……."

　"그렇겄제라. 얼마나 보고 싶었소. 아재 주무시능게라?"

　"잠이나 푹푹 잤으면 좋겄어. 잠을 통 못 자니 병을 못 이기는 것 아니겄능가?"

　김장섭은 죽림댁의 말을 들으며 토방으로 올라섰다.

남상명은 거친 숨을 쉬며 잠들어 있었다. 쪼글쪼글 말라 버린 얼굴빛이 검푸르렀다. 앓아누운 지 열흘 사이에 그는 딴사람이 되어 있었다.

"아재, 아재, 장섭이구만이라."

김장섭은 남상명을 가만가만 흔들었다.

"……이, 뭐허러 또 왔능가……?"

남상명의 눈은 안개가 낀 듯 흐렸다.

"몸 좀 어떠신게라?"

"그만허시. 자네가 우리 논을 갈았다면서? 내가…… 자네헌티 짐만 되고……."

남상명의 눈에 눈물이 번졌다.

"아이고, 별말씀을 다 허시오. 얼른 기운 차려 낫기나 허시씨요. 지가 술 살랑게."

"그러세, 일어나야제……."

그러나 남상명의 목소리에는 기운이 하나도 없었다.

"그럼 지는 일 나갈라요. 입맛 없어도 많이 잡숫고 기운 차리씨요 잉."

"그려, 그려……."

김장섭이 자리를 뜨기도 전에 남상명의 눈꺼풀이 무겁게 내리덮였다.

죽림댁은 농감 한 씨를 찾아가려고 집을 나섰다. 한 씨에게 빚진 돈이 벌써 20원이었다. 큰딸을 시집보내느라 빌린 돈 10원이 이자를 못 내 15원으로 불어나 있었고, 이번에 남편 약값으로 빌린 돈이 5원이었다.

　"5원을 또 빌려 달라고? 그러면 다 얼마인 줄이나 알어?"

　한 씨는 치부책을 꺼내 넘겼다.

　"야아, 25원이구만이라우."

　죽림댁은 꼬투리를 안 잡히려고 먼저 말했다

　"25원? 그동안 안 낸 이자 2원이 또 불어 27원이 되았어, 27원!"

　한 씨는 27원을 소리 높여 반복했다.

　"야아, 27원……. 아범이 일어나면 착실히 갚어 나갈 것잉마요."

　죽림댁은 몸이 달아 자기도 모르게 두 손을 가슴께에 모았다.

　"자식이 모두 몇이여?"

　갑작스러운 물음에 죽림댁은 잠시 어리둥절하다가 곧 입을 열었다.

　"아들 셋에 딸 넷인디, 아들 둘은 도회지로 돈벌이 나갔고, 세 딸은 시집보냈응게 시방 딸 하나, 아들 하나 데리고 있구만이라."

　"……그 딸이 몇 살이여?"

　"열아홉이구만요."

　왜 그런 것을 묻는지 죽림댁은 종잡을 수가 없었다.

"그려, 아픈 사람을 낫게는 혀야제."

한 씨는 아주 선심을 쓰듯 말했다.

그러나 이틀이 지나 남상명은 끝내 숨을 거두었다.

"따앙…… 우리 따앙…… 따앙을 반드시…… 반드시 차……."

열다섯 살 막내아들 만석이의 손을 붙들고 남상명이 마지막 남긴 말이었다.

초상을 치르고 며칠이 지나 농감 한 씨가 죽림댁의 집으로 찾아들었다.

"남 샌이 죽었응게 소작 떨어진 것이야 알겠제?"

"야아? 농감 어른, 우리도 농사지을 수 있구만이라우. 딸도 기운이 좋고 아들도 다 컸응게라."

울상이 된 죽림댁은 애가 탔다.

"뼉다구도 덜 여문 열다섯 살짜리헌티 소작 맡기는 미친놈이 어딨어!"

한 씨는 눈을 부라리며 소리치고는, "인제 빚 갚기는 다 글렀으니 여러 말 말고 딸 내놔."라고 말했다.

"야아……? 우리 애를…… 농감 어른이 소실 삼으실라고라?"

죽림댁은 너무 놀라 어질어질했다.

"허, 눈치 빨라 좋네."

"저, 쬐깨 생각헐 틈을 주씨요. 정신이 하나도 없구만이라."

"그려, 모레까지 기다리제."

한 씨는 어험, 힘! 헛기침을 하며 돌아섰다.

죽림댁은 저녁때가 지나 김장섭을 찾아갔다.

"안 되겠소. 기팔이 아재허고 의논해야제."

그래서 한기팔까지 세 사람이 모여 앉았다.

"별수가 없네. 여길 떠야제."

한동안 담배만 빨고 있던 한기팔이 내놓은 의견이었다.

"가면 어디로 가야 쓰겠소?"

김장섭이 고개를 끄덕이며 물었다.

"목포 건식이를 찾어가야제."

"그럼 언제 떠야 헐께라?"

김장섭이 한기팔을 바라보았다.

"당장 오늘 밤에 떠야제. 건식이 찾어가도 농사지을 것 아닝게 밥그릇에 옷이나 챙겨 뜨시씨요."

한기팔이 내린 결정이었다.

"야아, 살 길은 그 길밖에 없겠소."

죽림댁이 더디게 몸을 일으켰다.

4월이 지나면서 유행성 독감의 기세는 수그러들었다. 신문에는 평안남도와 전라북도에 창궐한 유행성 독감으로 한 달 동안 1,100여 명이 사망했다는 기사가 실렸다.

날씨가 더워지고 있었다. 더위를 못 참겠다는 듯 한 남자가 벌거벗은 채 길을 걷고 있었다. 걸음을 옮길 때마다 굽 높은 게다짝이 딸그락거렸고, 그 소리에 맞추듯 살찐 엉덩이가 씰룩쌜룩 흔들렸다. 불룩한 배 아래로는 사타구니만 아슬아슬하게 가린 헝겊 조각이 붙어 있었다. 일본 남자들이 입는 훈도시 차림이었다.

"저런 쌍스런 놈들, 또 여름이 되았는갑다."

길을 건너던 서무룡이 그 남자 쪽으로 침을 뱉었다. 그는 흰 양복을 날아갈 듯이 빼입고 있었다.

서무룡은 어느 상점으로 들어갔다. 상점 안에는 노래 〈타향살이〉가 울리고 있었다.

"하이고, 성님이 어쩐 일이라요?"

양치성의 동생 양효남이 서무룡을 반갑게 맞았다. 땟국 흐르는 바지저고리를 입던 때와 달리 말끔한 모습이었다.

"유성기를 하나 사러 왔는디, 어떤 것이 좋은가?"

"성님도 인제 유성기 놀리고 살라고라? 하먼이라, 진작 그랬어야제."

양효남은 화들짝 반기며 장사꾼 너스레를 떨었다.

"그것이 아니시. 내가 요번에 장가를 들게 되았네."

서무룡이 비식이 웃었다.

"아이고, 잘되았소. 내가 이문 하나도 안 먹고 본전에 드리겠소."

양효남은 큰 선심이나 쓰듯 말했다.

"뭐 그럴 것 있나? 물건이나 좋은 놈으로 내놓소."

말은 이렇게 하면서도 서무룡은 속이 꼬였다.

'요런 느자구 없는 놈. 본전에 줘? 유성기 하나를 공짜로 바쳐도 시원찮을 놈이!'

서무룡은 양치성 때문에 양효남을 털끝 하나 건드리지 않았을 뿐만 아니라 일본 주먹 패들이 건드리지 못하게 보호해 주기까지 했다. 시시한 잡화상을 하던 양효남이 이런 고급 상점을 하게 된 데에는 양치성의 권세가 작용했고, 서무룡도 한몫 거들었던 것이다.

"유성기는 콜롬비아허고 빅타가 있는디, 헌다허는 사람들은 다 콜롬비아를 들여가능마요. 성님도 콜롬비아를 착 들여놓으씨요. 내가 새로 나온 판을 몇 장 선사헐랑게라."

양효남은 빠르고 매끈하게 말을 해치웠다.

"그럼 콜롬비아로 허제."

서무룡은 거만스럽게 고개를 끄덕였다.

"그리고 각시 맞으려면 재봉틀도 있어야 헐 것 아니겠소?"

양효남은 헤헤 웃으며 장사 솜씨를 발휘했다.

"일없네. 재봉틀이야 각시가 해 오기로 돼야 있응게."

서무룡은 냉정하게 무질러 버렸다.

"야아, 각시 집이 부잣갑제라? 뭐 허는 집안인디라?"

"뭘 허기는, 땅 지닌 익산 고씨 집안이제."

"야아? 익산 고씨면 양반 아닌게라?"

양효남은 소스라치게 놀랐다.

"어째, 나 겉은 상놈허고는 안 어울린다 그것이여?"

서무룡이 눈을 치떴다.

"아니구만이라. 나는 쫄쫄이 가난헌 집구석에서 마누라 데리고 온 팔자라 부러서 그렁마요."

양효남은 얼렁뚱땅 발라맞추었다.

"꼬랑지 빼지 말어. 인제 돈이 양반 만들고 일본 권세가 양반 정허는 세상잉게. 무슨 말인지 알아먹어?"

서무룡은 양효남의 얼굴에 담배 연기를 확 내뿜었다.

"아이고, 어찌 그리 우리 성님허고 똑겉은 말을 헌다요? 우리 성님도 원산에서 양반집 딸허고 혼인혔소. 양반집 딸에 여고보까지 나온 신여성이란 말이오."

양효남은 서무룡이 꼼짝 못하는 형을 끌어다 댔다.

"뭣이여? 성님이 장가를 들었다고?"

서무룡의 얼굴이 금세 부드러워졌다.

"야아, 한 반년 되았소."

"근디 어째서 알리지도 않고?"

"폐 된다고 성님이 못 알리게 혔소. 근디 요번에 성님이 또 승진 혔다고 편지허면서 무룡이 성님 안부도 묻드만요."

양효남은 또 한 번 서무룡의 기를 꺾고 들었다.

"또 승진을 혔어?"

서무룡이는 기가 꺾이고 있었다.

"그까짓 계장 갖고야 아직 멀었제라. 우리 성님이야 경찰서장까지 올라갈 작정잉게라."

양효남은 이제 서무룡을 완전히 짓밟고 있었다.

"그려…… 그려……."

서무룡이는 힘없이 고개를 주억거리며 밤바다에 내던져지던 기억에 휘말리고 있었다. 양치성만 생각하면 그때의 기억이 떠오르면서 온몸에 맥이 빠졌다.

"근디, 내가 부탁이 하나 있는디요."

양효남이 비위 좋게 말했다.

"부탁? 뭣인디……?"

서무룡은 맥이 풀린 채로 양효남을 바라보았다.

"기왕 처갓집에서 재봉틀을 살라면 우리 상점을 소개허면 어쩌겄소? 성님 체면 서게 좋은 놈으로 아주 싸게 주겄구만이라."

양효남은 자기의 장사 수완에 만족하며 마무리를 짓고 있었다.

"알겠어. 나 갈랑게 유성기나 얼른 배달허소. 돈은 외상이시. 혼인 축의금 들어오면 갚을 것잉게."

서무룡은 이 말을 내던지고 돌아섰다. 그 말은, 너도 축의금을 톡톡히 낼 준비를 하라는 뜻이었다.

"뭐, 돈이 양반 만들고 일본 권세가 양반 정허는 세상이라고? 이 무식헌 놈아, 주먹 패 오야붕이 일본 권세면 계장님 된 우리 성님은 뭣이겠냐? 우리 집안은 양반 중에 양반이 된 것이다."

양효남은 큰 소리로 지껄이며 유성기 바늘을 옮겨 놓았다. 다시 〈타향살이〉가 울리기 시작했다. 올 들어 새로 유행하는 노래였다.

31

무너진 집안

박정애는 송가원과 함께 낙원동 골목을 헤매며 술집 간판들을 훑기 바빴다.

"아휴, 무슨 술집이 이렇게 많담. 한양 남자들은 술만 마시고 사나 봐."

박정애의 말에 짜증이 섞였다.

송가원은 손등으로 이마의 땀을 문질러 가며 간판들을 빠른 눈길로 더듬어 나갔다.

"송가원 씨! 무슨 대꾸나 좀 해요. 날은 덥고, 짜증 나서 미칠 것 같으니까."

"예……, 많이 더우신 모양인데 어디 얼음과자집도 없고……."

송가원이 손등으로 이마의 땀을 씩 문질렀다.

"맞아, 저기 단성사 쪽에 얼음과자집이 있어요. 가서 땀부터 식히고 다시 찾아요."

박정애가 밝게 웃었다.

"늦었다고 뭐라고 허지는 않겠지요?"

송가원이 씨익 웃으며 말했다.

"염려 말아요. 허탁 씨는 지금 편히 쉬고 있을 테니까요. 피신을 해도 하필이면 이런 델 골랐는지 모르겠어요. 매양 피해 다니면서 사람 고생만 시키고……."

"이번에는 무슨 일입니까?"

"지난달에 공산당을 재건하려다가 50명쯤 체포된 사건 있잖아요."

"예, 이번으로 몇 번째인가요?"

"다섯 번째라나 봐요. 하여튼 경찰도 끈덕지지만 공산주의자들도 끈질겨요. 계속 잡혀 들어가는데도 어쩜 그렇게 계속 재건인지 모르겠어요."

"그거 가지고 뭘 그러세요. 대학생에 고보 학생들까지 합치면 공산주의자가 얼마일지 몰라요. 백 번도 더 재건할 수 있을 겁니다."

"어머, 그럼 송가원 씨도 고보 시절부터 그 물 먹은 거예요?"

"그런 셈이지요."

"어쨌든 우리 조선은 앞길이 밝아요. 경찰이 그렇게 혹독하게 하는데도 젊은이들이 두려워하지 않고 독립의 길을 찾아 나서니 말이에요."

"저기 얼음과자집이 있습니다."

얼음과자집이란 양과자점이었다. 양과자점에서는 여름이면 얼음과자를 만들어 팔았다.

"몇 개나 먹을 수 있어요?"

자리 잡고 앉으며 박정애가 장난스럽게 웃었다.

"비싸서 그렇지 수십 개라도 먹지요 뭐."

송가원도 장난스럽게 대꾸했다.

"어머머, 수십 개? 돈 걱정 말고 실컷 먹어요."

박정애는 신바람을 냈다.

"그래, 형님은 좀 어떠세요?"

박정애는 궁금하던 이야기를 꺼냈다.

"그게……, 몸이 상한 것도 문제지만…… 계속 우울해하고, 사람을 만나려 하지도 않고, 또…… 무언가 공포에 질려 있는 것 같고…… 하여튼 좋지 않습니다."

송가원의 얼굴에서 금세 웃음기가 걷혔다.

"고문을 너무 심하게 당해 정신적 충격이나 상처를 입었을 수

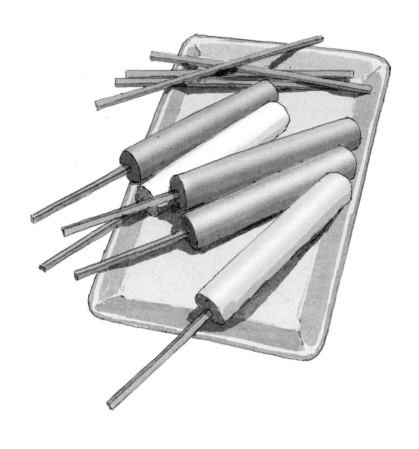

도 있어요."

"예, 바로 그게 문제지요."

"또 다른 이유가 있을 수도 있어요. 어머님이 돌아가셨고, 동생가원 씨가 학교를 다니기 어렵게 집안이 기울고, 그런 게 장남으로서 괴로운 일 아니겠어요?"

"⋯⋯예."

송가원은 무겁게 고개를 끄덕였다.

"내가 괜한 얘길 꺼냈군요. 이런 우울한 얘긴 이따 허탁 씨하고 함께 해요."

양과자점을 나온 두 사람은 한참을 더 헤매다가 술집 설죽을 찾아냈다. 부엌데기 여자가 그들을 뒷집으로 안내했다. 허탁은 조그마한 한옥의 대청에 누워 신문을 보고 있었다.

"어쩜, 신선놀이 하고 계시군요."

박정애가 쏘아붙이듯 했다.

"집 찾기 힘들었소?"

허탁이 송가원에게 자리를 권하고는 박정애에게 웃음 지었다.

"잘 아시네요. 어쩜 이런 데 앉아서 사람 애를 먹이죠?"

박정애가 부채질을 하며 눈을 흘겼다.

"박정애 씨 애먹이려고 일부러 그런 건데 뭘."

"그런 줄 알았어요. 어서 가원 씨 일이나 얘기해요."

박정애는 앉음새를 고쳤다.

허탁이 입을 열었다.

"그 집이 마음에 안 들었나 보지?"

32

가정교사로 들어간 집을 두고 하는 말이었다.

"아닙니다, 제가 적응을 잘 못해서……."

송가원은 그 집을 소개해 준 홍명준의 입장을 생각해서 이렇게 얼버무렸다.

"알 만해요. 작위를 받고 일본 귀족이 되신 그 집안 꼴이 어련했겠어요. 소개를 해도 꼭 그런 집이나 하지 별수 있겠어요."

박정애는 또 홍명준에게 발톱을 세웠다.

"그래, 말하기 곤란한 문제가 있을 수 있지. 어떤가, 딴 집에 들어가는 건?"

"공부에 지장도 많고, 가르친다는 게 부담도 되고, 그냥 휴학했으면 합니다."

"휴학? 자네 혹시 딴생각하고 있는 건 아닌가?"

허탁은 정색을 하고 송가원을 바라보았다.

"아닙니다, 마음도 좀 복잡하고 해서……."

송가원은 가슴이 뜨끔했다. 마음 한쪽에 아버지를 찾아갈 생각도 있었던 것이다.

"휴학은 안 돼요. 가원 씨가 휴학하면 형님이 얼마나 괴롭겠어요. 가원 씨, 아무 생각 말고 공부나 열심히 하세요. 학비는 내가 대겠어요."

박정애의 갑작스런 말이었다.

"그건 싫습니다."

송가원이 곧바로 거부했다.

"그냥 주겠다는 게 아니에요. 우선 마음 편히 빌려 쓰고, 졸업한 다음에 갚는 거예요. 허탁 씨가 형님이면 나는 누나 아니에요? 누나가 이쯤은 할 수 있는 거지요. 내 생각이 어때요, 허탁 씨."

박정애가 허탁에게 응원을 청했다.

"그거 괜찮은 생각이오."

허탁은 고개를 끄덕이고는, "호의를 받아들이게. 아마 형님도 기뻐할 걸세."라며 송가원을 다독거리는 눈길로 바라보았다.

"예, 좀 생각해 보겠습니다."

"생각하고 말고 할 것도 없어. 내가 돕는 거나 마찬가지니까 그냥 결정지어."

허탁은 마구잡이로 밀어붙였다.

"됐어요, 결정 났어요."

박정애는 손바닥으로 마룻장을 탕 탕 탕 세 번 두들겼다.

"이거 차암……."

송가원은 고맙기도 하고 뜻밖이기도 해서 어쩔 줄 몰랐다.

"이놈아, 정신을 어디다 팔고 또 낙방이여, 낙방이! 니 정신이 딴 데 가 있지야? 안 그러고야 공부 잘허는 니가 해마다 낙방헐 수가 있낫 말이여. 니놈도 그 못된 공산주의에 물든 것 아니여?"

이동만은 치솟는 화를 걷잡지 못했다.

고개를 반쯤 숙이고 앉아 있는 이경욱은 야단맞는 사람 같지 않게 얼굴에 성이 잔뜩 나 있었다.

"아이고, 애써 공부허고도 뜻 못 이룬 지 속은 얼마나 쓰릴 것 인디 이래싼다요."

이동만의 아내 박 씨는 울상이 되어 남편을 타박하고 나섰다.

"어허, 내가 그것을 모르간디? 저놈 눈치가 요상스러우니 허는 소리제."

이동만이 아내에게 벌컥 화를 냈다.

이경욱은 가슴이 뜨끔했다. 그러나 눈치 빠른 아버지의 짐작일 뿐 무슨 근거가 있는 말은 아니었다.

"어르신, 손님 오셨구만이라우. 시금 일로……."

밖에서 들려온 말이었다.

"알았다. 사랑으로 뫼셔라."

이동만은 몸을 일으키며 밖에다 이르고는, "니 오늘 당장 절로 들어가거라." 하고 아들에게 내질렀다.

"아이고 참, 인정머리 없기는."

박 씨는 남편이 사라진 문 쪽에다 눈을 흘기고는, "경욱아, 섭섭

허게 생각지 말거라 잉? 다 니 잘되라고 그러시는 것잉게." 하며
아들 옆으로 다가앉았다.

"엄니, 다 알고 있구만요. 절에 갈라면 급허구만요."

예의가 아닌 줄 알면서도 이경욱은 몸을 일으켜 자기 방으로
돌아왔다.

"우리 옥녀 신세를 누가 망쳤는지 아시오? 바로 당신 아부지요.
당신 아부지가 나를 잡아 가두고, 옥녀를 사찰과장헌티 바친 것
이란 말이오. 당신네 집안이 우리 웬수란 것이나 아씨요."

옥비의 오빠가 부들부들 떨며 한 말이었다.

"야아, 알고는 있었지만 지 입으로 어찌 어르신 뒷얘기를……."

머슴의 실토로 모든 것이 분명해졌다. 아버지에 대한 경멸과 분
노를 삭일 수가 없었다. 옥비와 옥비의 오빠에 대한 죄스러움도
지울 길이 없었다. 그런 괴로움 속에 공부가 될 리 없었다. 고서완
선생을 찾아가 도움을 청하고 싶었다. 하지만 고 선생은 감옥에
있었다.

이경욱은 옷을 갈아입고 방을 나섰다.

"되련님, 되련님."

대문 앞에 서 있던 머슴이 숨죽인 소리로 빠르게 불렀다.

"옥비 명창이 한성으로 올라갔다드만이라."

"한성은 왜요?"

이경욱은 가슴이 쿵 울렸다.

"큰 명창 될라고……."

"거처는 알았소?"

이경욱은 머슴의 말허리를 잘랐다.

"그것은 모르는구만이라."

"거처를 알아내시오."

이경욱은 머슴에게 돈을 쥐어 주었다. 옥비가 있는 곳을 알아
내 어쩌자는 것인지 스스로도 알 수가 없었다.

사랑방으로 들어간 이동만은 경욱이 일은 까맣게 잊고 오로지
앞에 앉아 있는 우노사와를 살피는 데 몰두해 있었다.

우노사와는 마흔대여섯 살쯤 되어 보였다. 까무잡잡한 얼굴에
눈이 또릿또릿했다.

"우노사와 상은 금 찾아내는 기술이 아주 귀신같습니다. 믿으
셔도 될 겁니다."

거간꾼은 우노사와가 들으라는 듯 일본말로 말했다.

"몇 년이나 그 일을 한 거요?"

이동만도 유창한 일본말로 우노사와에게 직접 물었다.

"예, 한 30년 됐습니다."

우노사와가 살짝 웃으며 대답했다.

'30년이나 금을 뒤지고 다녀서 얼굴이 검게 탔구나.'

이동만은 나름대로 판단했다.

"왜 혼자 하지 않고 물주를 구하는 거요?"

"고용살이로는 어디 큰돈을 모을 수가 있어야 말이지요."

'한 판에 금을 한 주먹씩만 빼돌렸어도 30년이면 부자가 되었을 것 아닌가? 저게 금 찾아내는 기술만 지녔지 세상 살아가는 요령을 모르는 쑥인 거라, 쑥. 그래, 쑥일수록 좋지.'

이동만은 두 번째 판단을 내렸다.

"그럼 이번에 물주를 구해 한몫 보겠다는 뜻이오?"

이동만은 우노사와에게 마음이 쏠리며 이렇게 물었다.

"예, 언제까지 고용살이만 할 수는 없으니까요."

우노사와는 겸손하게 고개를 숙여 보였다.

"잘 생각했소. 헌데, 재미 볼 만큼 금이 있긴 있겠소?"

"금산면과 금구면에 금맥이 쫙 퍼져 있습니다. 그쪽에 금산리·금구리·금평리, 쇠 금 자 붙은 마을이 얼마나 넓습니까?"

"허나, 한발 늦지 않았소? 벌써 일본 사람들이 시작했는데."

"이제 시작이지요. 옛날에는 눈에 보이는 금만 골라냈지만, 지금은 땅을 파헤쳐 금을 건져 올리는 것 아닙니까?"

"그야 그렇소만……, 금 바람이 불기 시작했으니 어중이떠중이 다 몰려들지 않겠소?"

이동만은 흔들리는 마음을 다잡으며, 돌다리도 두들겨 보고 건

너야 한다고 스스로에게 경고하고 있었다.

"물론이지요. 하지만 많이 몰려든다고 무서울 것 하나 없습니다. 보는 눈이 다르니까요. 어떤 사람이 10년 동안 금광을 파 들어갔습니다. 그런데 금이 나오지 않았습니다. 그 사람은 돈만 없애고 폐광시키고 말았습니다. 그걸 딴 사람이 사들였습니다. 그리고 1년을 파서 금맥을 만나 떼부자가 되었습니다. 사람들은 그런 일을 보고 그저 재수니 운수니 합니다. 그러나 그건 어디까지나 금맥을 보는 기술자에게 달린 문젭니다. 앞사람은 기술자를 잘못 만난 것이고, 뒷사람은 기술자를 제대로 만난 겁니다."

"그러니 그런 기막힌 기술자를 어디서 만나느냔 말이오."

"아이고 어르신, 등잔 밑이 어둡다더니, 우노사와 상이 바로 1년 만에 금맥을 찾아낸 그 사람입니다."

거간꾼이 잽싸게 끼어들었다.

"아니, 그래요!"

이동만은 엉덩이가 들썩일 만큼 놀랐다. 그의 마음은 흔들리다 못해 와르르 무너지고 있었다.

'저게 바로 보물단지로구나. 어쩐지 눈이 또릿또릿하더라니. 눈에 총기가 있어야 땅속을 잘 볼 것 아닌가?'

이동만은 세 번째 판단을 내렸다. 동업을 하자는 결정이었다. 그러나 그는 출렁이는 감정을 감추려 애쓰며 입을 열었다.

"에에 또, 우리가 동업을 한다 치면…… 분배는 어떻게 할 거요?"

이동만은 거간꾼에게 눈길을 돌렸다.

"예, 그야 반타작 5·5제지요."

기다렸다는 듯 거간꾼이 잽싸게 대답했다.

"뭐야? 5·5제씩이나 해? 돈은 이쪽에서 다 대고 소작만도 못해서야 말이 되는가? 여러 말 할 것 없이 소작제에 맞춰서 6·4제로 하세."

"난 별로 생각 없으니 딴 사람을 구해 보십시오."

우노사와는 이렇게 말하며 몸을 일으켰다.

"아니……."

이동만은 그만 당황했다.

"아, 앉으세요, 우노사와 상."

거간꾼이 우노사와를 잡아끌었다.

"앉을 것 없소!"

우노사와가 내쏘았다.

거간꾼이 재빨리 이동만을 바라보았다.

방 안에 침묵이 흘렀다. 서로 배짱을 앞세운 버티기였다. 그러나 이미 이동만은 우노사와의 적수가 아니었다. 큰 돈벌이를 하고 싶은 욕심에 눌려 스스로 허물어지고 있었다.

"좋소, 그리합시다."

마침내 이동만이 백기를 들었다.

"예, 5·5제로 결정됐습니다. 자, 앉으세요, 우노사와 상."

거간꾼이 5·5제라는 것을 못 박았다.

다음 날부터 이동만은 조랑말이 끄는 수레를 타고 바삐 돌아치기 시작했다. 관청에 사금 채취 신고를 하랴, 금맥이 있다는 땅의 임자들을 만나랴 할 일이 많았다.

그러나 땅을 빌리는 문제는 쉽게 풀리지 않았다. 금산면과 금구면 일대에 불어닥친 금 바람으로 땅 임대료가 날마다 치솟고 있었다.

"저놈들이 바로 칼 안 든 강도들이시. 에라, 이 흉악헌 놈들아."

이동만은 땅 임대료를 세 배, 네 배로 올려 부르는 땅임자들에게 분통을 터뜨렸다. 그러나 몸이 다는 건 자신이었다.

이동만은 은행에 맡겨 둔 돈을 찾고 빚놀이를 하던 돈까지 거둬들였다. 일이 본격적으로 시작되자 돈은 걷잡을 수 없이 들어갔다. 작업장을 짓고, 기계를 사들이고, 수십 명 인부들에게 일당을 줘야 했던 것이다.

이동만은 돈이 나갈 때마다 만약에 잘못되면 어쩌나 마음을 졸였다. 그러나 누구는 투자액의 50배를 벌었고, 누구는 100배를 벌었다는 소문에 용기를 내 돈뭉치를 내밀고는 했다.

"와아, 금이다, 금!"

일을 시작한 지 한 달이 가까워 이동만은 마침내 환성을 지르며 춤을 덩실덩실 추었다. 샛노란 금이 박힌 돌을 처음 보게 된 것이었다.

32

바람이 불어야 나무가 흔들린다

　가을 들녘은 황금빛이 넘치고 있었다. 그 묵직한 황금빛은 보는 것만으로도 넉넉하고 듬직하고 배가 불렀다.

　그런데 들녘 한가운데서 그런 느낌을 깨는 외침이 울려 퍼졌다.

　"소작료를 인하하라!"

　"수리조합비를 면제하라!"

　김제군의 동척 소작인 1천여 명이 동척 사무실을 에워싸고 벌이는 소작쟁의였다.

　"해산하라! 해산하라!"

　책상을 끌어내 그 위에 올라선 경찰이 양철 나팔통을 입에 대고 소리쳤다.

"소작료를 인하하라! 수리조합비를 면제하라!'"

소작인들이 일제히 보낸 응답이었다.

"해산하라! 거역하면 발포한다!"

다시 경찰이 소리쳤다.

"소작권 이동 결사반대!"

소작인들의 외침은 더욱 커졌다.

"정말 해산 못 하겠나! 마지막으로 경고한다. 해산하라!"

너무 소리를 질러 목소리가 갈라진 경찰이 니뿐도를 내리쳤다.

"소작료를 인하하라!"

내리치는 니뿐도에 분노하듯 소작인들의 외침은 더 커졌다.

탕!

총소리가 진동했다. 책상 위에 올라선 경찰이 공포를 쏜 것이었다.

그것을 신호로 앞에 늘어서 있던 경찰들이 개머리판을 휘두르기 시작했다.

"어이쿠!"

"아이고메!"

사람들의 비명이 터졌다.

"피허지 말고 저놈들을 몰아붙여!"

"자, 몰아붙이드라고!"

"와아아―."

함성이 일면서 소작인들이 경찰을 밀어붙였다. 30여 명의 경찰은 순식간에 동척 안으로 밀리고 말았다.

"저러지 못허게 막아야겠소."

"예, 경찰이 다치면 덤터기 쓰제라."

멀찍이 떨어져 쟁의를 지켜보고 있던 네댓 사람이 다급하게 말했다.

"이보게, 얼른 청년부장헌티 가서 막으라고 허게."

한 사람이 젊은이에게 지시했다.

그들은 신간회 김제군 간부들이었다. 그 속에 신세호도 들어 있었다. 신세호는 공허의 권유로 신간회에 가입했다. 그런데 뜻하지 않게 간부까지 맡게 되었다. 서당 사건과 송수익 사건으로 두 차례 경찰서에 잡혀간 것이 경력으로 작용했다. 그는 한사코 사양했지만 젊은이들은 더 완강했다.

"고것이 다 신 선생님이 쌓으신 공덕이제라. 요새 젊은 사람들이 아무나 받들어 주간디라? 신간회가 잘만 되면 아주 큰 힘이 될 것이구만요."

공허까지 이렇게 말하는 바람에 피할 수가 없었다.

제자리로 돌아온 소작인들은 경찰을 밀어붙인 승리에 자신감이 생겨 다시 구호를 외쳤다. 무엇을 의논하는지 경찰은 보이지 않았다.

"저놈들이 총질헐라고 가만 있는 것 아닐랑가요?"

한 간부가 걱정스럽게 말했다.

"그리 못 헐 거구만요. 소작쟁의가 3·1운동 같은 것도 아니고, 저놈들 법으로 따져도 동척이 잘못헌 것잉게요. 그동안 소작쟁의가 많이 일어났지만, 주모자를 잡아들이는 경우는 있어도 총질헌 일은 없었구만요."

신세호의 말이었다.

곧 경찰이 줄지어 밖으로 나왔다. 그런데 총에 착검을 하고 있었다. 소작인들이 동척으로 들어오는 것을 막겠다는 뜻이었다. 더는 해산하라고 떠들지도 않았다. 지구전으로 작전을 바꾼 것이었다.

시위자들은 경찰의 작전에 맞서 모두 땅바닥에 주저앉았다. 똑같이 지구전을 하자는 것이었다.

서너 시간 동안 대치가 계속되었고, 해가 기울었다. 시위자들은 지치지도 않고 구호를 외쳤다. 마침내 동척에서 사람이 나왔다. 그는 경찰의 호위를 받으며 책상 위로 올라섰다.

"부당 행위를 하지 말고 당장 해산하라. 해산하지 않으면 소작권을 박탈한다!"

양철 나팔통에서 나온 말이었다.

"우리는 소작료 불납동맹을 결의한다!"

시위대 앞에서 한 남자가 팔을 뻗어 올리며 외쳤다.

"우리는 소작료 불납동맹을 결의한다!"

시위자들이 모두 따라 외쳤다.

앞에 현수막을 들고 있던 사람들이 와아 소리치며 일어났다. 그에 따라 모든 시위자들이 일제히 몸을 일으키며 함성을 터뜨렸다.

"와아아―."

경찰들이 반사적으로 총을 겨누었다.

그러나 시위대는 동척 건물로 가지 않고 현수막을 그 반대로 틀었다. 시위대는 현수막을 따라 움직이기 시작했다.

시위대 중간쯤에서 노래가 흘러나왔다.

아리랑 아리랑 아라리요

노래는 앞뒤로 번져 나갔다.

아리랑 고개로 넘어간다
나를 버리고 가시는 님은
십 리도 못 가서 발병 난다

시위대는 군산으로 뻗은 신작로에 이를 때까지 〈아리랑〉을 되풀이했다. 1천여 명이 부르는 〈아리랑〉은 슬프면서도 장중했고 서러우면서도 장엄했다.

시위대는 곧 해산했고, 현수막을 말아 든 청년 예닐곱이 간부들에게 다가왔다. 그들은 신간회 소속 청년회의 회원들이었다. 차득보도 거기 있었다.

"자네들 애 많이 썼네."

"아주 잘했네."

간부들이 그들을 격려했다.

그들 청년회원들은 시위대 사이사이에 섞여 시위를 이끌었고 시위 준비도 그들이 맡았던 것이다.

신세호는 들길을 빠른 걸음으로 걸었고, 그 뒤를 차득보가 따르고 있었다. 집이 같은 쪽이라 차득보가 신세호를 모시고 가는 셈이었다. 차득보는 신세호 선생을 만나는 것이 어렵고도 괴로웠다. 자신에게 공부를 가르쳐 준 스승이라 어려웠고, 월엽이의 아버지라 괴로웠다. 신 선생의 집을 나온 뒤로 한 번도 만난 적이 없었다. 그런데 신간회에 가입하면서부터 안 만나려야 안 만날 수가 없었다.

차득보는 처음에 신간회에 가입하지 않으려 했다.

"유 선생님을 잡혀가게 헌 지가 사람이간디라? 유 선생님만 생각허면 똑 죽고 싶구만요."

유승현이란 이름을 언제 댔는지 기억할 수가 없었다. 바늘로 손
등이며 목을 찔러 대면서 잠은 재우지 않고, 죽인다고 줄기차게
협박하면서 위의 조직을 대라고 하고, 머리가 깨질 것처럼 아프
고, 미칠 것같이 잠은 쏟아지고……. 그런 속에서 유승현이라는
이름을 대고 말았던 것이다. 유승현은 2년형을 받고 징역을 살고
있었다. 그런데 자신은 그냥 풀려났다. 신세를 망친 동생한테도
면목이 없고, 유 선생한테도 죄스러움을 씻을 길이 없었다.

"사내자식이 그리 마음이 약혀서 어디다 써먹어. 니가 유 선생
님헌티 죄스런 맘 갖는 것은 참된 도리여. 허나 그 생각에 빠져
헐 일을 못허는 것은 쫌팽이 짓이여. 누구나 처음 그런 고문을 받
으면 허물어질 수도 있는 것이여. 그렇게 당허면서 맘이 여물고
강단지게 되는 것이제. 유 선생님헌티 지은 죄를 갚는 길은 더 열
성으로 일허는 것뿐이여. 그러면 유 선생님도 니를 이해허고 전보
다 더 믿으실 것이다. 그래 어쩔 셈이냐? 딱 부러지게 말혀라."

옴짝달싹 못하게 만드는 공허 스님의 말이었다.

차득보는 신간회에 가입하기를 참 잘했다고 생각했다. 뜻을 같
이하는 젊은 사람들이 많았고, 하는 일도 보람 있었다. 신간회에
서 하는 가장 중요한 일은 소작쟁의를 돕는 것이었다. 청년회는
그 일을 도맡다시피 했다. 신간회 회원은 갈수록 불어나고 있었

다. 지부는 전국에 140개가 넘었고, 회원도 3만 5천 명을 넘었다.

그다음으로 청년회가 하는 중요한 일은 고보 학생들을 조직하는 것이었다. 독서회, 향학회 같은 이름으로 고보마다 은밀하게 조직을 짜 나갔다. 그리고 그들에게 독립 정신을 일깨우는 교육을 했다.

"자네, 올해 농사는 잘되았나?"

입을 열 것 같지 않던 신세호의 물음이었다.

"야아, 그작저작 되았구만요."

차득보는 황급히 신세호의 한 발짝 뒤쯤으로 다가서며 대답했다. 아랫사람으로서 걷기 예절을 깍듯이 지키는 것이었다.

"으음, 논이 늘었다면서 머슴은 됐나?"

"아니구만요. 놉 사고 허면서 지 혼자 그냥……"

"그려, 젊어서 그리 야물게 혀야 나중에 자식들 제대로 공부시키제."

"야아……"

"여동생이 명창이라면서?"

"야아, 남들이 그러능구만이라우."

"그려, 두루 잘된 일이시."

신세호의 말은 여기서 끝났다.

차득보는 신세호 선생에게 생각지 못했던 고마움을 느꼈다. 자상하게 마음 써 주는 것이 고마웠고, 자식들 제대로 공부시키라는 충고는 한층 더 고마웠다. 그동안 마음 한구석에 맺혀 있던 서운함이 풀리는 기분이기도 했다.

이튿날 아침, 신세호는 긴급 간부 회의에 나오라는 연락을 받았다. 간밤에 소작인 40여 명이 주동자로 잡혀갔다는 것이었다. 신세호는 이미 예상했던 일이라 놀라지 않았다.

회의에서는 체포된 사람들의 석방을 요구하는 시위를 벌이고, 신간회 간부들이 사건 해결에 나서자는 결정을 했다.

다음 날 경찰서와 동척 앞에서 2천여 명이 모인 큰 시위가 벌어졌다.

"죄 없는 사람들을 석방하라!"

"경찰은 공평하게 처신하라!"

경찰서 앞에서 터지는 구호였다.

"동척은 기만행위를 중단하라!"

"동척은 소작료를 인하하라!"

동척 앞에서 울려 퍼지는 구호였다.

"당신들이 뭔데 나서. 신간회는 불법 단체니까 나설 자격이 없어."

경찰서장은 한마디로 신간회 간부들을 묵살했다.

"말이 좀 지나치십니다. 우리가 불법 단체라면 왜 총독부에서 한성 본부를 그대로 두고 있습니까? 우리는 조선인의 정당한 권익을 지키는 합법단쳅니다."

신세호가 점잖게 공박했다.

"어디 두고 봐. 네놈들이 불법 단체라는 걸 꼭 밝혀낼 테니까. 나가, 당장 나가!"

경찰서장이 팔을 내뻗으며 소리쳤다.

간부들은 경찰들에게 떠밀려 경찰서를 나설 수밖에 없었다. 그들은 내일 시위를 계속하기로 하고 해산했다.

그런데 밤새 또 신간회 청년회원 10여 명이 체포당했다.

다시 열린 간부 회의에서는 중앙 본부에 도움을 청하기로 했다. 편지는 너무 늦고, 전보는 내용을 자세히 설명할 수 없어 간부 한 사람이 직접 서울로 갔다.

본부에서 세 사람의 간부가 내려오기까지 엿새 동안 소작인들은 줄기차게 시위를 벌였다.

본부에서 내려온 세 사람 중에 두 사람은 변호사였다. 변호사의 위력은 컸다. 그들은 하루 만에 일을 해결했다. 동척은 소작료 인상을 거둬들였고, 경찰도 못 이기는 척 잡아들인 사람들을 모두 내보냈다.

"변호사가 무섭기는 무섭구마. 왜놈들이 쩔쩔매고."

"근디 그 양반들 인물도 얼마나 잘났등가? 남자가 그리는 생겨

야제."

"아이고, 한 사람은 몸집이 작은 것이 그저 그렇등마."

"이 사람아, 몸집 큰 것이야 농사판에서나 써먹제 아무 데서나 써! 작은 꼬치가 맵더라고 그 양반 관상을 봐. 점잖으면서도 엄허고, 당차면서도 선허지 안 혀?"

"근디, 그 양반이 여기 사람이라면서?"

"이, 그렇다드랑게."

그 몸집이 작다는 사람은 김병로였다.

사람들은 신바람이 나서 이야기들을 주고받으며 석양빛 물든 들길을 걸어 집으로 돌아가고 있었다.

33

광주, 그리고 젊은 피들

1929년 11월 3일에 전남 광주에서 조선 학생들이 일본 학생들과 집단 싸움을 벌였다는 소문은 이틀 뒤에 서울까지 퍼졌다. 나주에서 일본 학생들이 조선 여학생의 댕기를 잡아채며 희롱했고, 그것을 본 조선 학생들과 일본 학생들 사이에 싸움이 벌어졌고, 다음 날 통학 열차에서 그 싸움은 더 커졌고, 그 사실이 광주고보 학생들에게 알려지면서 싸움은 집단 투쟁으로 번졌다고 했다.

11월 6일에 퍼진 소문은 더 심각했다. 체육 선생들까지 합세한 일본 학생들이 죽도와 몽둥이로 무장했고, 조선 학생들은 광주고보뿐만 아니라 농업학교·사범학교·여고보 학생들까지 나섰으며, 그렇게 되자 경찰은 물론이고 소방대까지 나서서 조선 학생들을 체포하고 있다고 했다. 이제 조선 학생들은 단순히 일본 학생들과 싸우는 게 아니라 '조선 독립 만세'를 외치고 운동가를 부르며 조직적인 항일 시위를 펼치고 있다는 것이었다.

11월 7일, 서울에 퍼진 소문은 사태가 더더욱 커지고 있음을 보여 주고 있었다. 휴교령이 내렸음에도 광주고보 학생들은 시위를 계속하고 있으며, 사범학교와 농업학교·여고보 학생들은 학교 담을 뛰어넘어 시위에 참여하고 있고, 거리의 시민들이 호응하는 가운데 경찰이 학생들을 마구 체포하고 있다는 것이었다. 일본 상점들은 거의가 문을 닫았다고 했다.

광주의 여러 학교 학생들이 연대 투쟁에 나선 것은 단순히 조선 여학생이 희롱당한 것에 분노했기 때문만은 아니었다. 3·1운동 이후로 전국의 수많은 학교 학생들은 끊임없이 동맹휴학 투쟁을 해 왔다. 학생들이 내세운 맹휴의 이유는 일본인 교사나 일본인 교장 배척, 식민지 노예교육 철폐, 조선어 교육 강화, 조선인 교사 확대 같은 것이었다. 학생들의 맹휴 투쟁은 사회주의 물결이 거세지면서 더 잦아지고 격렬해지던 참이었다.

사회주의 물결을 타고 농민운동과 노동운동이 체계적으로 이루어지던 1926년에 광주고보 학생들은 농업학교 학생들과 함께 성진회를 조직했다. 성진회는 광주고보와 농업학교의 맹휴를 이끌었다. 그 맹휴 사건은 16명의 학생이 실형을 받고, 54명이 퇴학을 당하면서 넉 달 만에 끝났다. 그러나 학생들의 가슴에는 분노의 불씨가 그대로 남아 있었다. 그런 가운데 여학생 희롱 사건이 터진 것이었다.

11월 8일, 마침내 서울의 경성제국대학 조선 학생들이 독립 만세를 외치며 거리시위에 나섰다. 잇따라 서울의 고보 학생들까지 거리로 터져 나왔다.

"조선 독립 만세에!"

"조선 독립 만세에!"

학생들은 거리거리에서 만세를 외쳤고, 경찰이 총출동했다. 마치 3·1운동이 다시 일어난 듯했다.

송가원은 줄곧 대열의 앞으로 나서고 싶은 마음을 억누르며 구호를 외치고 있었다.

"넌 제발 좀 참고 공부 먼저 끝내. 너까지 무슨 일 당하면 집안이 뭐가 되겠니? 춘부장께서도 원하는 일이 아니야."

신간회 가입을 막으면서 허탁이 한 말이었다. 허탁은 학생 사상 단체에도 관계를 갖지 말라고 했다. 송가원은 그 마음을 충분히 이해했다. 그러나 이번에는 방관자로 뒤처져 있을 수가 없었다. 어린 고보 학생들까지 투쟁을 벌이고 있었다. 모두 힘을 합쳐야 할 때 가장 옳은 길은 힘을 합치는 것이었다.

시위대는 탑골공원 앞에서 멈추었다.

"3·1운동 그때를 기억합시다!"

학생 대표가 팔을 뻗으며 외쳤다.

"조선 독립 만세에!"

"조선 독립 만세에에!"

학생들의 우렁찬 외침이었다. 길가에 모여든 사람들도 학생들을 따라 만세를 불렀다.

그때 낙원동 쪽에서 요란한 말발굽 소리가 들려왔다. 악명 높은 기마경찰대의 기습이었다.

"일단 피하라!"

"종각에서 다시 모인다!"

주동자들이 여기저기서 외쳤다.

학생들이 사방으로 뛰기 시작했다. 채찍에 맞은 동료들을 붙들고 뛰는 학생들도 있었다.

"자, 갑시다!"

송가원도 얼굴을 감싸고 주저앉아 있는 한 학생을 붙들어 일으켰다.

"아니, 아니……."

그 학생은 얼굴을 감싼 채 몸을 가누지 못했다.

"많이 다쳤소?"

송가원은 학생을 부축했다.

"눈이, 눈이⋯⋯."

"갑시다. 여기서 붙들리면 큰일이니까."

송가원은 그 학생을 끌고 청계천 쪽 상점 골목으로 뛰었다.

기마경찰 몇 명은 말에서 뛰어내려 니뽄도를 휘두르며 학생들을 몰고 있었다.

"어디 좀 봅시다. 난 아무것도 모르지만, 의예과 학생이오."

송가원은 그 학생을 어느 집 벽에 기대 세우며 말했다.

송가원은 조심스럽게 눈꺼풀을 까뒤집었다. 흰자위에 온통 핏발이 성성했다.

"아프더라도 참고 눈을 떠서 앞을 한번 봐요."

그 학생은 얼굴을 일그러뜨리며 오른쪽 눈을 가까스로 떴다. 눈꺼풀이 파르르 떨렸다.

"뭐가 보입니까?"

송가원은 학생의 왼쪽 눈을 가리면서 물었다.

"아니! 아무것도 안 보여요. 어떻게 된 거죠?"

학생이 부르짖듯 말했다.

"너무 걱정 마시오. 갑작스런 충격으로 잠깐 그럴 수도 있으니까. 갑시다, 병원으로."

송가원은 원남동 쪽 종로에 있는 안과 병원을 찾아가기로 했다. 아직 기마경찰들이 있을지 몰라 청계천 변을 따라 걸었다.

학생을 병원까지 데려다준 송가원은 곧 돌아섰다.

"아니, 가시게요?"

"예, 다시 모이는 장소로 가야지요."

"성함을 좀……."

"예, 송가원이라고 합니다."

"저는 영문과 민동환입니다."

둘은 악수를 나누었다.

"오늘 감사했습니다. 꼭 한번 찾아뵙겠습니다."

"무슨 말씀을, 치료 잘 받으십시오."

평범한 생김이면서도 해사한 그 학생의 얼굴을 바라보며 송가원이 웃음 지었다.

이튿날, 경성제대와 서울의 모든 고보는 동맹휴학에 들어갔고, 그 소식은 여러 지방으로 빠르게 퍼져 나갔다. 그 소문은 광주 소문과 함께 지방 학생들의 분노를 부추겼다.

군산의 오삼봉네 학교에서도 마침내 시위가 폭발했다. 오삼봉은 시위에 앞장섰다. 그는 동기생들보다 나이가 네댓 살 많을 뿐만 아니라, 어머니와 고향에 다녀온 뒤로 독립운동을 하는 것이 할아버지와 아버지의 뜻이라고 생각했다.

독립운동을 하기로 마음먹은 오삼봉은 독서회에 가입해 사회주의 사상을 공부했다. 그리고 신간회 학생 조직에도 가입했다.

오삼봉네 학교 학생들이 만세를 외치며 거리로 나오자 경찰은 사납게 진압했고 100여 명이 경찰서로 붙들려 갔다. 부모들이 경찰서로 몰려들었다. 보름이도 그 속에 섞여 있었다. 서너 시간이 지나 경찰은 단순 가담자라며 40여 명을 풀어 주었다. 그리고 또 네댓 시간이 지난 밤중에 30여 명을 풀어 주었다.

"나머지는 주동자니까 다 콩밥 먹어야 해. 여기 있어 봐야 소용없으니까 다들 돌아가!"

경찰 간부가 남아 있는 부모들에게 내쏘았다.

보름이는 그만 눈앞이 캄캄해졌다.

아들이 장하기도 하고 원망스럽기도 했다. 그 두 마음은 팽팽하게 맞서 있었다. 보름이는 그 두 마음을 안고 밤새 뒤척였다. 아들이 징역살이를 하지 않을 방도를 생각하고 또 생각해 보았다. 매달릴 사람은 서무룡뿐이었다. 그러나 서무룡을 찾아가고 싶지는 않았다.

보름이는 새벽녘에 깜빡 잠이 들었다가 소스라쳐 일어났다. 꿈에서 아들이 비명을 지르고 있었다. 고문을 당하는 것이었다. 온몸은 피투성이였다.

보름이는 부들부들 떨었다. 서무룡을 찾아가 되든 안 되든 부탁이라도 해 보아야 했다.

"허 참, 세월이 빠르기는 허시. 쬐깐허든 놈이 벌써 커서 고런

짓도 허고. 알었응게 가 보드라고."

서무룡은 발을 까딱거리며 픽 웃었다.

"삼봉이 엄니가 아들 하나는 걸물로 뒀더구만."

사흘 만에 점방으로 찾아온 서무룡이 대뜸 한 말이었다.

"무슨 소리다요……?"

"그놈이 그냥 주모자가 아니고 주모자 중에서도 상질이여, 상
질. 징역살이 한 5년 혀야 헐 것이여."

서무룡이가 담배를 뽑으며 혀를 찼다.

"아이고메 엄니!"

보름이는 쪽마루에 철퍽 주저앉고 말았다.

"옹기 깨지고 낙담허면 뭘혀. 평소에 닦달을 잘 혔어야제."

서무룡이가 담배 연기를 훅 내뿜었다.

얼굴이 창백해진 보름이는 멍하니 앉아 있었다.

"내가 하질 주모자로 만들어 놓기는 혔는디, 아무리 짧아도 1년
은 살아야 될 것잉마."

"그럼 학교는 어찌 된다요?"

"그냥 풀려난 놈들도 퇴학당허는 판에 죄인이 학교는 무슨 학
교여."

"아이고 삼봉아……."

보름이는 두 손으로 얼굴을 감쌌다.

"서운해헐 것 없구마. 생각 삐딱헌 놈이 학교 나온다고 면서기를 해먹겄어 수리조합 서기를 해먹겄어. 징역살이 끝나면 나헌티 보내. 그만허면 몸집도 크겄다, 배움도 있겄다, 내 밑자리 하나 만들어 줄 팅게."

서무룡이 느물느물 지껄이고 있었다.

"더는 좀 안 되겄소?"

보름이는 애원하는 눈길로 서무룡을 바라보았다.

"더 욕심내지 말어. 이놈의 세상에서 제일로 큰 죄가 만세 부르고 독립운동허는 죄 아니여? 그리고 그냥 풀려나면 자식 빙신 만드는 것이여. 그냥 풀려나면 즈그 친구들헌티 경찰 앞잡이였다고 오해 사서 꼬라지 못쓰게 될 것잉게."

서무룡이 정색을 하고 말했다.

보름이는 그 말이 맞다고 생각했다. 아들을 빼내는 데만 신경을 쓰다 보니 미처 생각지 못한 일이었다.

보름이는 한숨을 길게 내쉬었다. 그쯤에서 체념할 도리밖에 없었다.

박동화는 유달산 꼭대기에 앉아 시름에 싸여 있었다. 아버지 어머니 앞에 퇴학당했다는 말을 어떻게 꺼낼지 걱정이었다.

시위를 시작하기 전부터 이것저것 많이 생각했다. 그러나 결국

주동자가 되었다. 평소에 듣고 또 들은 땅 빼앗긴 이야기와 할아버지 옥사한 이야기가 분노로 폭발한 것이었다.

"목상 최고다!"

"목상 잘헌다!"

박동화는 이런 외침을 다시 듣고 있었다. 시위대가 거리를 행진할 때 사람들이 보내 준 격려였다. '목상'이란 목포상고를 뜻했다.

그날의 감격을 잊을 수가 없었다. 목이 쉬도록 만세를 부르면서 독립이 눈물 나게 절실하다는 것을 처음 느꼈고, 수많은 사람의 박수와 격려를 받으며 모두가 바라는 게 무엇인지도 깨달았다. 아버지가 3·1운동 때 활동한 이야기를 왜 자꾸 되풀이하는지도 이해할 수 있었다.

"퇴학당했구만요."

박동화의 말은 무뚝뚝했다.

"아이고메 어쩔거나!"

반월댁은 울컥 울음을 터뜨리듯 말했고, 박건식은 굳은 듯 앉아 있었다.

"다 된 잔치에 코 빠치더라고 졸업 1년 남겨 놓고 요것이 무슨 날벼락이다냐? 그렇게 앞장서지 말고 그냥 시늉만 혔어야제, 어찌 그리 눈치코치 없이 일을 철퍽 저질렀다냐?"

반월댁은 눈물을 뚝뚝 떨구며 아들을 타박했다.

"동화가 어려운 일을 헌 것잉게 장헌 아들 둔 줄이나 알어. 그리고 졸업 못헌 것도 걱정헐 것 없어. 배울 것은 거지반 다 배웠응게. 주판 잘 튕기겄다, 장부 잘 꾸미겄다, 은행이나 수산조합 아니라도 이 목포 바닥에 취직자리야 얼마든지 있어. 왜놈들이 어째서 목포나 여수 같은 항구에는 상업학교를 짓고, 광주나 전주 같은 땅 넓은 데에는 농업학교를 지은 줄 알어? 항구로 물자 빼 가고 즈그 놈들 물자 실어 오자면 계산할 사람이 많이 필요하니 상업학교를 세운 것이여. 땅 넓은 데에는 농사 잘 짓게 혀서 더 많이 뺏어 갈라고 농업학교를 세운 것이고. 지금 목포는 느느니 회사고 도매상이여. 거기서 주판 잘 놓고 장부 잘 꾸미는 젊은 사람을 찾느라 눈이 시뻘건 것 모르제? 졸업장 없는 것이 쬐깨 서운허기는 혀도 만세 부르다 그리된 것이니 괜찮단 말이시. 내가 곧 좋은 자리 구해 줄 것잉게 당신은 맘 푹 놓고 있어."

박건식은 자신 있는 눈길을 아내에게 보내고는, "동화야, 니도 아무 걱정 말고 못 한 공부를 독학으로 다 떼서 엄니 쓰린 가슴을 풀어 줘야 쓰겄다. 그럴 수 있겄냐?" 하며 아들을 바라보았다.

"야아, 꼭 그리허겄구만요."

박동화는 마음이 시원하게 풀려 힘 있게 대답했다. 오늘따라 아버지가 더 크고 높게 보였다.

여러 지방에서 학생들은 끊임없이 시위를 일으켰다. 그런 분위기 속에서 경찰은 신간회 본부를 습격해 간부 44명을 체포하고, 여성 단체인 근우회 간부 47명까지 검거했다. 신간회에서 광주학생운동 진상 보고 겸 민중 대회를 계획하고 있었기 때문이다.

그리고 총독부에서는 〈아리랑〉을 부르지 못하도록 금지령을 내렸다.

학생 시위는 저 위쪽 함경북도에서도 일어나면서 1930년 3월까지 이어졌다. 다섯 달에 걸쳐 194개 학교가 학생운동에 나섰고, 시위를 벌인 학생은 5만 4천여 명이었으며, 투옥된 학생은 580여 명, 퇴학과 무기정학을 당한 학생이 2,330여 명에 이르렀다.

34

여러 개의 강

무정부주의자 회의가 열리는 북경에 도착할 때까지 송수익은 줄곧 신채호 선생을 생각했다. 그분은 2년 전인 1928년 5월에 무정부주의 투쟁 자금을 마련하기 위해 위조한 유가증권을 옮기다가 대만의 기륭항에서 일본 경찰에 체포되고 말았다. 허망하게 변을 당한 그분은 10년형을 받고 여순 감옥에 갇혀 있었다. 많은 일을 해야 할 큰 인물이 그런 일로 갇혀 있다는 것을 생각하면 기가 찼다.

이번에 북경에서 열리는 조선 무정부주의자 전체 회의는 신흥무관학교를 세운 이회영 선생이 소집했다. 그분은 신채호 선생과 함께 재중국조선무정부주의자연맹을 조직했었다.

송수익은 두 가지 일을 계기로 무정부주의 투쟁을 하기로 결심했다. 첫 번째가 삼부 통합 실패였다. 만주의 독립운동 단체인 정의부, 참의부, 신민부는 독립운동을 강력하게 전개하기 위해 통합 논의를 시작했다. 그러나 1927년 4월부터 5월 말까지 계속된 회의는 끝내 결렬되고 말았다. 삼부가 통합되면 그다음에 시도해야 할 일이 사회주의 단체와의 연합이었다. 그 통합까지 이루어지면 만주에도 국내의 신간회 같은 조직이 생겨나는 것이었다. 그러면 신간회와 함께 나라 안팎에서 독립 투쟁을 더 힘 있게 펼칠 수 있었다. 그런데 일은 첫 단계부터 무산되고 말았다. 고질적인 파벌 싸움과 주도권 다툼 때문이었다. 기대가 깨졌으니 당연히 갈 길은 그동안 참여를 미뤄 온 무정부주의였다.

그리고 두 번째가 신채호 선생 체포 사건이었다. 그 충격을 이기는 길은 그분만큼 치열하게 무정부주의 투쟁을 하는 것이었다. 마흔아홉이라는 나이에도 투쟁의 최일선에 나선 그분의 용기는 그저 놀랍기만 했다. 그리고 재판정에서의 기개는 더욱 우러러보였다.

"나는 무산계급에 의한 폭력혁명을 수행하는 무정부주의자다."

그분이 법정에서 거리낌 없이 한 말이었다. 재판에 불리한 영향을 미칠 수밖에 없는 말이었다. 일본 정부에서는 무정부주의자를 공산주의자와 똑같이 취급하고 있었기 때문이다.

북경의 4월은 길림과는 달리 봄기운이 뚜렷했다. 햇살도 포근했고 길가의 나무에도 연둣빛 잎이 싱그럽게 돋아나고 있었다.

송수익은 이미 익숙해진 중국옷을 펄럭이며 약속한 장소로 갔다. 번화가에 있는 잡화점이었다.

"송 동지, 먼 길 오시느라 얼마나 수고가 많으셨소."

송수익을 반갑게 맞이한 사람은 이회영이었다.

우당 이회영 선생은 일찍이 신흥무관학교를 세워 3천여 명의 졸업생을 배출했고, 그들은 도처에서 독립투사로 활약하고 있었다. 그러나 거기에 그치지 않고 예순이 넘은 나이에도 신채호 선생이 없는 무정부주의 운동을 이끌고 있었다. 그 열정 앞에 송수익은 그저 머리가 수그러들 따름이었다.

"단재 선생 소식은 듣고 계신지요?"

송수익은 신채호 선생 소식부터 물었다.

"예, 그런대로 집필을 하시며 지내신다 하더이다."

이회영은 열 살도 더 아래인 신채호에 대해 깍듯이 높임말을 썼다.

"면회를 가 볼 수가 없으니……."

송수익이 말끝을 흐렸다.

"그러게 말이외다. 우리가 다 갈 수 없는 처지니 단재께서 얼마나 쓸쓸하시겠어요. 면회 오는 이 없는 옥살이란 형벌 중에 형벌

우당 이회영

인데요."

이회영의 얼굴에 그늘이 드리웠다.

"그만 가십시다, 회의장으로."

이회영이 자리에서 일어났다.

모인 사람은 20명쯤이었다. 곧 회의가 시작되었다.

"우리는 그동안 2단계의 사업을 해 왔습니다. 제1단계로 무정부주의를 학습하면서 동지를 모았고, 제2단계는 활동을 더욱 활발하게 하기 위해 재중국조선무정부주의자연맹을 결성했습니다. 이제 제3단계 사업을 전개할 때라고 판단되어 이렇게 회의를 열었습니다. 먼저 제가 한 가지 의견을 내고자 합니다. 아시다시피 우리의 투쟁 노선은 무산계급을 중심으로 한 폭력혁명입니다. 그 목적을 이루기 위해서는 무산계급이 많은 곳으로 찾아가야 합니다. 그곳이 바로 만주입니다. 앞으로 만주에 우리의 온 힘을 집중하여 조직을 키우고 투쟁을 전개하는 것이 어떨까 합니다."

회의를 이끄는 이회영의 말이었다.

"예, 옳으신 의견이십니다."

"헌데 지금 만주는 민족주의 세력과 공산주의 세력이 대립하고 있습니다. 그리고 중국공산당 세력도 강력해지고 있습니다. 우리도 그 세력들과 대립하고 충돌할 위험이 큽니다. 이 문제는 어떻게 생각하십니까?"

"우리는 그 세력들과 대립하고 충돌할 것이 아니라 화합해야 한다고 생각합니다. 독립을 이룬다는 목적은 다 같은데, 방법에 차이가 있을 뿐이니까요. 대립과 충돌이란 어느 한쪽의 문제가 아니라 서로의 문제 아니겠습니까?"

송수익은 만주 출신답게 의견을 내놓았다.

"어려운 일은 그때 가서 해결하도록 하고 만주에 온 힘을 집중해야 한다는 원칙에 찬성합니다."

이렇게 되어 이회영의 의견은 만장일치로 결정을 보았다.

이틀 동안의 회의를 마치고 송수익은 다음 날 바로 북경을 떠났다.

그런데 그다음 날 그들의 거처가 중국군에게 기습당했다. 남아 있던 10여 명은 꼼짝없이 체포되고 말았다. 이회영은 마침 천진으로 일을 보러 떠나 그 위기를 모면했다.

5월 30일에 일어난 만주의 반일 투쟁이 날이 갈수록 심해지고 있다는 소문이 북경까지 들려왔다. 투쟁에 나선 사람들은 거의가 조선 사람이고, 그들은 일본인 가게와 상점을 마구 공격한다고 했다. 그건 중국공산당 만주성위원회의 지시에 따라 조선인 당원들이 주도한 투쟁이었다.

그 소문은 북경이나 상해에 있는 조선 공산주의자들을 흥분시켰다. 그런데 그 소문을 단숨에 덮어 버릴 만한 일이 생겼다.

'만주의 조선 공산주의자 단체들은 모두 중국공산당 밑으로 들어간다!'

그건 중국공산당의 횡포가 아니라 한 나라에 하나의 공산당만을 둔다는 국제공산당의 원칙에 따른 것이었다. 그 조처는 조선 공산주의자 단체를 해산하라는 명령이었고, 조선 공산주의자들에게 중국공산당에 가입하라는 명령이었다. 그것을 거부하려면 중국 땅을 떠나야 했다.

조선 공산주의자들은 충격과 고민에 빠졌다. 북경에 있던 의열단원들은 그 문제를 놓고 토론을 벌였다. 의열단은 1928년 10월에 이미 사회주의를 수용했고, 이듬해에는 북경에서 제3차 조선공산당의 핵심 세력이었던 ML파와 조선공산당재건동맹을 조직하기도 했다.

"한 나라에 하나의 당이라는 원칙을 조선 공산주의자들에게 적용하는 것은 말이 안 됩니다. 그 원칙은 한 나라에 두 개의 당이 생겨나 서로 싸우는 것을 막기 위해 만든 것입니다. 어쩔 수 없이 망명을 한 우리에게까지 그 원칙을 적용하는 건 억지입니다."

"맞습니다. 그건 바로 장개석의 국민당에서 상해임정을 해산하고 국민당에 입당하라는 것이나 마찬가지 아닙니까?"

"그리고 중국에 있는 조선 공산주의자들이 다 중국공산당에 들어가면 도대체 조선의 독립은 어떻게 되는 겁니까?"

"이번에 조선 사람들이 중국공산당에 입당해서 중국 혁명을 도와주면 중국공산당도 우리의 독립을 더 확실하게 도와주지 않겠습니까?"

"그야 중국 혁명이 이루어져야 가능한 일인데, 만약 중국 혁명이 성공하지 못하면 우리만 헛고생만 하는 것 아닙니까?"

"꼭 그렇게만 생각할 일은 아닙니다. 다들 알다시피 부패한 국민당은 인민들에게 원망을 사고 있고, 중국공산당의 대중조직은 점점 커지고 있습니다. 그리고 우리에게 언젠가는 반드시 독립을 이룰 수 있다는 신념이 있듯이 중국 공산주의자들도 혁명을 이룰 수 있다는 신념으로 투쟁하고 있습니다. 중국공산당도 어려움을 많이 겪겠지만 앞날이 그렇게 어둡지만은 않습니다. 중국 인민들이 국민당을 싫어하는 만큼 공산당에 기대를 걸고 있기 때문입니다."

"우리가 다 중국공산당에 입당한다고 칩시다. 그럼 의열단도 없어지는 것 아닙니까?"

"그럴 수야 없지요. 의열단은 우리의 본바탕이고, 중국공산당 입당이야 임시방편인데요."

"여러분 의견 잘 들었습니다. 여러 문제가 논의됐고, 또 어떤 문제는 논의 과정에서 답이 나오기도 한 것 같습니다."

묵묵히 듣고만 있던 단장 김원봉이 입을 열자 단원들의 눈길이 그에게 쏠렸다.

"우리의 목적은 조선의 독립입니다. 우리는 그 목적을 이루기 위해 뭉쳤고, 투쟁해 왔고, 앞으로도 투쟁해야 합니다. 그동안 우리는 상해임정과 협조했고, 중국공산당을 도왔고, 조선공산당 재건 운동에도 나섰습니다. 독립을 위해서는 어떤 세력과도 연합한다는 의열단의 투쟁 방법을 실천한 것입니다. 우리는 지금 독립을 위해 아이들의 힘까지도 빌려야 할 처지입니다. 그렇게 볼 때 중국공산당에 들어가는 것은 별문제 없다고 여겨집니다. 우리가 사회주의사상을 받아들인 것은 인민대중과 함께 투쟁하고, 인민을 존중하는 사상에 공감했기 때문이지 의열단의 근본정신과 목표를 바꾸자는 것은 아니었습니다. 그 하나의 예가 변절자가 된 박용만을 제거한 것 아닙니까? 여러분은 이 기회에 의열단원의 임무와 사명을 다시 한 번 확인하고, 그 문제에 현명하게 대처해 주십시오."

김원봉이 입장을 정리하고 단원들을 둘러보았다.

단원들은 모두가 단장의 말에 수긍하는 태도를 보였다.

김원봉이 말한 박용만은 바로 하와이에서 건너온 박용만이었다. 그는 변절한 밀정으로 판명되어 2년 전에 의열단원에게 살해되었다. 그러나 그의 변절에 대해서는 지금까지도 구구하게 말이 많았다. 그가 변절했다, 아니다, 하는 엇갈린 주장이었다. 그것은 박용만이 워낙 유명한 사람인 데다, 그의 죽음이 충격적이기 때문이었다. 어쨌거나 의열단에서 그만한 인물을 죽이기로 결정하기까지는 확실한 근거를 확보했을 것이고, 박용만의 죽음은 실망스러운 슬픔이 아닐 수 없었다.

회의장을 나오면서 윤주협이 방대근의 옷깃을 잡아끌었다.

"큰일 났네."

윤주협이 나무 그늘 아래 주저앉으며 한숨을 푹 쉬었다.

"또 편지 왔능가? 왜 큰일이 나?"

방대근이 돌 위에 앉았다.

"아 글쎄, 혼인을 하자는군."

"혼인? 그거 잘되았네."

방대근이 푹 소리를 내며 웃었다.

"아니 자네, 누구 약 올리나?"

윤주협은 담배 연기를 거칠게 내뿜었다.

"자네, 민수희 씨를 진정으로 사랑헌다면서?"

"그런 줄 알았는데 막상 혼인하자니까 애정이 식은 것도 같고…… 내 맘을 나도 잘 모르겠네."

"허! 그것을 두고 남자들 심보를 도적놈 심보라고 허는 것이여. 여러 말 말고 혼인허소."

방대근이 자르듯이 말했다.

"이 사람아, 정신이 있나 없나. 지금이 어느 때라고 혼인을 해?"

윤주협이 눈을 치떴다.

"어느 때는 어느 때, 장가들기 좋은 때제. 우리도 인제 투쟁 방법을 바꿔 폭탄 갖고 조선 땅으로 침투허는 것은 중단허지 않었능가? 요렇게 안전해졌으니 장가들기 딱 좋제."

"장가를 들면 무슨 재주로 먹여 살리나?"

"민수희 씨가 간호원 일을 허면 될 것 아니여?"

"그게 혼인한 여자는 안 되는 것 아닌가?"

윤주협의 얼굴은 줄곧 어두웠다.

"병원마다 간호원이 모자라서 야단이라는디. 중국 여자들이 신식 공부를 못혀서 말이시."

방대근이 윤주협의 어깨를 쳤다.

한 나라에 하나의 당만을 둔다는 원칙 때문에 의열단원들은 더 이상 북경에 몰려 있을 필요가 없게 되었다. 대부분의 단원들은 만주에 가서 활동하기로 결정했다. 방대근과 이광민도 만주로 가게 되었다. 윤주협도 가고 싶어 했지만 혼인이 결정되는 바람에 발이 묶였다.

"빌어먹을, 내 신세가 이 꼴이 될 줄 알았다니까."

윤주협은 투덜거렸다.

방대근은 기차를 타고 길림으로 가면서 혼자 늙어 가는 수국이 누나를 생각했다. 조선에 다녀온 뒤로 수국이 누나를 큰누나에게 보낼까 하는 생각도 해 보았다. 그러나 수국이 누나의 외로움은 덜어질지 모르나 어렵게 살아가는 큰누나에게 짐이 될 것 같았다. 그리고 군산에 갔다가 옛날의 상처가 도질 수도 있었고, 또 수국이 누나의 신세를 망친 그놈에게 무슨 해코지를 당할지 몰랐다.

　방대근 옆자리에 앉은 이광민도 오랜만에 윤선숙을 떠올렸다. 블라디보스토크를 떠나온 지 어느덧 4년인데도 윤선숙의 모습은 꼭 엊그제 헤어진 것처럼 또렷했다.

　올 들어 북경에 머물면서 시간 여유가 생겨 윤철훈에게 편지를 썼다. 마음과는 달리 윤선숙의 안부는 묻지 않았다. 그런데 뜻밖에도 윤선숙한테서 답장이 왔다.

　찾아가려고 했는데, 오빠가 끝내 있는 곳을 가르쳐 주지 않았다. 어쩔 수 없이 그전부터 사랑을 고백해 온 조강섭과 결혼했다. 지금은 우수리스크 옆 조선인 집단촌에서 부부 교사로 일하고 있다. 광민 씨를 원망하지도 않고, 광민 씨와의 사랑을 후회하지도 않는다. 한 혁명 투사와의 사랑을 아름다운 추억으로 간직하겠다.

　이런 내용이었다.

이광민은 기차의 창밖을 하염없이 내다보며 윤선숙의 그 재치 넘치던 말들을 듣고 있었다. 눈물 그렁거리던 마지막 모습과 함께.

방대근은 집에 도착하자마자 송수익 선생을 찾았다.

"선생님, 이광민이라고 의열단 동지구만요."

송수익 앞에 큰절을 올리고 나서 방대근이 이광민을 소개했다.

"으음."

송수익이 느릿하게 고개를 끄덕이며 이광민을 훑었다.

"이 동지, 절 올리시오."

방대근이 이광민에게 일렀다.

그때까지 손을 모아 잡고 서 있던 이광민이 큰절을 올렸다.

"이 동지도 고향이 전라도고, 집이 전주로구만요."

방대근이 송수익에게 설명을 올렸다.

"아, 그러신가!"

송수익이 반가운 표정을 지었다.

"이 동지니까 허는 말인디, 혹시 송 자, 수 자, 익 자, 의병 대장님을 아시오?"

방대근이 이광민을 바라보았다.

"예, 잘 알지요."

"선생님이 바로 그분이시오."

"예에?"

이광민은 소스라치며 눈이 휘둥그레졌다. 그럴 수밖에 없는 게 가장 친한 후배인 송중원의 아버지인 데다, 20여 년 전에 전사한 것으로 알고 있었기 때문이다.

"서, 선생님, 중원이는 전주고보 1년 후배이고, 3·1 만세를 함께 주도했습니다."

더듬거리는 이광민의 목소리가 떨렸다.

"아니, 뭐, 뭐라고? 중원이하고……?"

놀란 송수익의 목소리도 떨렸다.

"예, 그 일로 저는 상해로……."

"반가우이, 이 사람!"

송수익이 다가앉으며 이광민의 손을 덥석 잡았다.

"그때 집을 떠나왔으면 얼마나 고생이 많았겠나? 이렇듯 건재하니 장하이, 장해……."

이광민의 손등을 쓸고 또 쓰는 송수익의 눈시울이 붉어져 있었다.

35

폭우

꼬박 하룻밤과 한나절을 퍼부어 댄 폭우는 김제·만경 평야를 물바다로 만들었다. 이동만은 물이 빠져 길이 트이기를 기다리며 안달을 하다가 다음 날 아침 일찍 조랑말을 몰았다. 논에는 아직도 벼가 흙탕물에 잠겨 있었다. 그런 들판을 바라보며 지주들의 가슴이 내려앉듯 이동만의 가슴에도 흙탕물이 가득 차 있었다. 사금광이 물에 휩쓸려 망가졌으면 어디 비빌 데가 없었던 것이다.

이동만은 조랑말 엉덩짝이 부르트도록 채찍을 휘둘러 반나절 만에 사금광에 도착했다.

"요런 빌어먹을 놈들이 여태 코빼기도 안 비치네!"

흙탕물 속에 덜렁 서 있는 목조건물을 바라보며 이동만은 열을 뿜어냈다. 그 건물은 사무실 겸 채금기를 돌리는 공장이었다.

"우노사와 그 자식이 허투루 허니 십장 놈들도 그대로 따라허는 것이여."

이동만은 제 성질을 이기지 못하고 이빨을 뿌드득 갈았다.

'근디, 그것은 어찌 되았제!'

이동만의 머리에 퍼뜩 떠오르는 것이 있었다. 공장에서는 5일 간격으로 금돌을 모아 금을 빼내고 있었다. 그런데 폭우가 쏟아지기 시작한 날이 4일째였다. 4일 동안 모아 놓은 금돌을 잘 간수했는지 어쩐지 뒤늦게 생각이 난 것이었다.

이동만은 허겁지겁 진흙탕 물로 뛰어들었다. 옷이 젖거나 말거나 그는 한쪽 다리를 절룩거리며 내달았다.

이동만은 부리나케 사무실로 들어갔다. 책상이며 의자 같은 물건들이 엎어지고 뒤집어져 있었다. 금돌을 보관하는 커다란 함도 넘어져 있었다. 이동만은 반쯤 열린 문짝을 열어젖혔다. 함 속은 텅 비어 있었다.

'그렇제, 요것을 미리 안 치웠으면 지가 사람이 아니제.'

이동만은 비로소 안도했다. 그러나 혹시나 하는 생각이 들었다. 그는 서슴없이 정강이까지 차는 흙탕물에 손을 집어넣어 바닥을 더듬기 시작했다. 금돌이 바닥에 쏟아져 있을지도 모른다 싶었던 것이다. 만약 그렇다면 그걸 혼자 차지할 마음도 동하고 있었다.
그러나 손을 아무리 휘저어도 돌덩이는 잡히지 않았다.

이동만은 옷을 다 버린 채 다시 조랑말을 몰았다. 김제로 우노
사와를 찾아가 금돌을 잘 치워 놓았는지 확인해야 했다.

우노사와는 하숙집에 없었다.

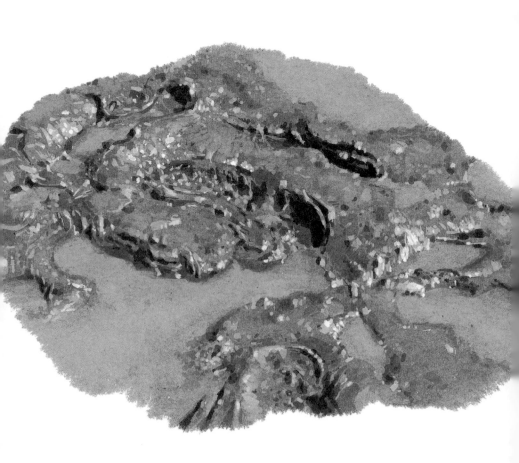

"어제 군산에 가서 안 들어왔는데요."

주인인 일본 여자의 대답이었다.

'요런 빌어먹을 놈이 또 술타령허고 자빠졌구나!'

이동만은 그만 울화가 뻗쳐올랐다.

"이려! 이려!"

이동만은 터무니없이 고함을 지르며 조랑말을 채찍으로 갈겨 댔다.

군산으로 뻗은 신작로를 달리며 이동만은 사금 사업에 손댄 것을 또 후회하고 있었다. 그동안 돈만 무더기로 들어갔지 전혀 재미를 보지 못했던 것이다. 금돌이 펑펑 쏟아져 나오지도 않았지만, 그보다 더 큰 문젯거리는 동업자 우노사와였다. 금이 아무리 많이 나와 봐야 현장에 있는 우노사와가 속이려 들면 어쩔 도리가 없는 일이었다.

그런 눈치를 채고 우노사와와 다툰 게 한두 번이 아니었다. 그럴 때마다 우노사와는 기분 나쁘게 사람을 의심한다며, 지금이라도 동업을 그만두자며 배짱을 부렸다.

이동만은 분해서 미칠 것 같았지만 성질대로 한다고 해결될 문제가 아니었다. 그대로 손을 뗀다면 쫄딱 망할 판이었다. 우노사와가 속임수를 쓰지 못하게 막는 수밖에 없었다. 그래서 그는 날마다 현장을 지키기로 했다. 그랬더니 우노사와와의 불화는 더 심해지고, 주먹 패 등쌀에 시달리는 일까지 벌어졌다. 생선 있는데 구더기 슬더라고 사금판에는 일본 주먹 패들이 설치고 있었다. 그들은 턱없이 많은 돈을 내놓으라고 협박을 해 댔다.

이동만은 점심때가 지나 우노사와가 잘 가는 술집에 다다랐다.

"우노사와 상 있소?"

이동만은 주인 여자에게 인사도 받지 않고 이렇게 내질렀다.

"예, 저쪽 방에……."

이동만은 종종걸음 치는 여자를 따라 걸어갔다.

그런데 어느 방문이 열리며 네댓 명의 남자들이 우르르 몰려나왔다. 그들은 서둘러 구두를 찾아 신고는 이동만을 피하듯 대문 쪽으로 나가고 있었다.

이동만은 주춤 멈춰 섰다. 그들 가운데 본 듯한 얼굴이 있었다.

'가만있거라, 저게, 저게 누구더라…….'

이동만은 그 얼굴을 다시 확인하려 했지만 그들은 벌써 대문 밖으로 나가고 있었다.

"무슨 급한 일이 있다고 여기까지 찾아오시오? 물 다 빠지려면 아직 멀었는데."

쪽마루로 나선 우노사와의 말이었다.

그 순간 이동만은 그 얼굴이 누군지 퍼뜩 알아챘다. 그자는 자신에게 돈을 뜯으려고 덤비는 주먹 패 중의 하나였다.

'저놈하고 다 한 패거리 아닐까?'

이동만은 머리가 쿵 울렸다.

"저놈들하고 뭘 하고 있었소?"

이동만은 우노사와 쪽으로 내달으며 소리쳤다.

"예, 심심해서 화투 좀 쳤지요."

우노사와는 유들유들하게 웃고 있었다.

"저놈들 속에 나한테 돈 내놓으라고 협박하는 불량배도 있던데, 그런 놈하고 화투를 쳐? 그놈들하고 한패지?"

이동만은 곧 우노사와의 멱살을 잡아챌 것처럼 손짓하며 고함을 질렀다.

"무슨 말을 그리 섭섭하게 하시오. 내가 누굴 위해 그런 놈을 끼어 준 줄이나 알고 그러는 거요? 다 이 상을 위해서요. 그런 놈 하나쯤 구슬려 놔야 이 상한테 함부로 못 할 것 아니겠소."

우노사와는 여전히 웃음을 흘리고 있었다.

이동만은 믿음이 가지는 않았지만 일단 접어놓기로 했다.

"그건 그렇다 치고, 나흘 치 금돌은 우노사와 상이 잘 치워 뒀지요?"

"금돌이라니요? 그날 퇴근한 뒤에 비가 쏟아져 오늘까지 거기 가지도 않았어요."

우노사와는 불쾌한 얼굴로 내쏘았다.

"뭐, 뭐라구? 궤짝이 텅 비었던데, 그럼 그게 어떻게 된 거요?"

"나야 모르겠어요. 숙직한 사람이 있을 것 아니오."

"숙직……."

"이 상, 이렇게 사람 의심하면 기분 나빠서 더 일 못 합니다. 딴 사람 구해 보시오."

우노사와는 정면으로 공격해 왔다.

"아니오, 아니오, 내가 우노사와 상을 의심할 리 있소. 마음이 급해 그런 것이니 이해하시오."

이동만은 그만 기가 꺾여 우노사와의 비위를 맞추었다. 그나마 우노사와가 없으면 꼼짝없이 망하는 판이었다.

"이삼 일이면 물이 다 빠질 테니 다시 일할 준비나 하시오. 물살에 구덩이가 다 메워졌을 것 아니오."

"그럽시다, 그럽시다……."

이동만은 힘없이 고개를 끄덕이며 돌아섰다. 또 생돈이 깨져 나갈 생각을 하니 가슴이 찢어졌다.

'니놈이 주먹 패허고 내통혀서 나를 둘러 먹고 위협을 혀? 니만 주먹 패 있냐? 어디 누가 이기는가 보자.'

이동만은 마차에 오르며 자기도 주먹 패를 끌어들일 결심을 했다. 우노사와를 꼼짝 못하게 조여 반드시 본전은 되찾아야 했다.

88

36

그리운 이름 옥비

"아아……."

강의실을 벗어나 밖으로 나오는 순간 송가원은 저도 모르게 탄성을 입에 물었다. 5월의 눈부신 햇살 속에서 화단의 꽃들이 활짝 피어 있었다.

'아, 어머니…….'

그 아름다운 꽃밭을 보자 불현듯 어머니가 떠올랐다. 이상하게도 어머니는 꿈에서 언제나 생생히 살아 있는 모습이었다.

"나니오 시데른다(뭘 하고 섰나)?"

송가원은 고개를 돌렸다. 조선 사람끼리도 꼭 일본말을 쓰는 황학구였다.

"꽃구경하고 있네."

송가원은 일부러 큰 소리로 대꾸했다.

"의학도가 꽃구경? 그건 좀 안 어울리는데?"

황학구는 여전히 일본말로 지껄이며 지나쳐 갔다.

'참, 저것도 사람이라고!'

송가원은 어이없이 웃으며 그와 반대쪽으로 발길을 돌렸다.

황학구는 일본 놈이 못 되어 안달이 난 족속이었다. 그는 조선 사람이라는 것을 수치스러워했고, 춘원 이광수 추종자였다. 춘원이 쓴 글대로 조선 사람을 비하하고 천시했으며, 조선 것은 무엇이든 보잘것없고 유치하다고 매도해 버렸다. 어쩌다 그렇게 되었는지 도무지 이해할 수가 없었다. 황학구보다 더 이해할 수 없는 자는 그 명성 드높은 이광수라는 위인이었다. 황학구야 철이 덜든 학생이라지만 이광수는 나이 든 소설가에 언론인이었다.

송가원은 이광수 같은 부류가 퍼뜨리는 해독을 생각할 때마다 적의를 넘어서 살의를 느끼고는 했다. 아버지 같은 분들이 몸 바쳐 이루려는 것에 그자들은 찬물을 끼었고 있었다.

송가원은 원남동 네거리에 있는 중국 음식점으로 들어갔다.

"여기시, 여기."

송가원이 음식점으로 들어서자 공허가 먼저 알은체를 했다.

"아니 스님, 벌써 오셨군요?"

송가원은 꾸벅 인사를 하면서 놀라기부터 했다. 스님은 어느새 양복을 벗고 승려 차림으로 돌아가 있었다. 그리고 옆자리에는 곱상하게 생긴 젊은 여자가 앉아 있었다.

세 사람은 2층 구석방으로 자리를 옮겼다.

"자, 서로 인사 트고 지내소. 저기는 내가 말헌 송가원 학생이고, 여기는 명창 옥비여."

공허가 두 사람을 인사시켰다.

"양쪽 다 내가 믿는 사람이니 서로 알고 지내는 것이 이참저참 힘이 될 것이여."

공허가 덧붙이며 두 사람을 번갈아 보았다.

송가원은 여자에게 눈길이 쏠렸다. 한쪽 무릎을 세워 그 위에 두 손을 포개고 앉은 여자는 그 모습이 곱기도 했지만 다부져 보이기도 했다.

"스님은 언제 재입산하셨습니까?"

송가원은 공허를 건너다보며 웃었다.

"내가 만주 다녀오느라고 양복을 벗었네."

공허가 나직하게 말했다.

송가원은 문득 긴장하며 공허를 바라보았다. 그 눈길이 다음 말을 재촉하고 있었다.

"무사허시데. 이쪽 집안 소식도 다 알려 드렸고."

"어무님 돌아가신 것도요? 뭐라고 하시던가요?"

송가원의 가슴은 두근거렸다.

"그 어른이 무슨 표를 내시간디? 가슴 무너지는 일일수록 더 속마음 안 비치고 돌부처가 되시니께. 허나, 혼자서 땅을 치셨겄제."

"형님 일도 이야기하셨어요?"

"뭘? 아픈 거?"

"예……."

"병이야 나으면 될 일이라 근심 드릴 것 없어서 말씀 안 드렸네."

"네, 잘하셨어요."

곧 음식이 나오기 시작했다.

"의학 공부가 아주 어렵다면서?"

공허는 말을 바꾸었다. 음식을 옮기는 청년 때문이었다.

"예, 어렵기도 하지만 더럽고 지저분하고 그런 게 더 죽겠어요."

송가원도 태도를 바꿔 엄살을 떠는 것처럼 말했다.

"그려, 사람을 찢고 째고 허는디 비위가 안 상헐 리 있겄어? 근디 어째 술이 없어?"

공허가 상을 둘러보았다.

"저는 또 수업이 있어서요."

"에이, 많이는 말고 한 잔은 혀야제. 그 덕에 이 땡초도 한 잔 얻어 마시고."

공허는 술을 가져오게 했다.

술을 한 모금 들이켠 공허는 중국 백주의 독한 맛에 진저리를 치고는, "혹시 자네 사돈댁에서 공부도 배우고 농사일도 거들던 차득보라고 아능가?"라고 물었다.

"예, 알지요."

"잉, 옥비 명창이 바로 그 사람 여동생이시."

"아, 그래요?"

송가원은 놀라움과 함께 공허 스님이 왜 옥비라는 여자를 믿을 만하다고 했는지 비로소 알아차렸다.

"그건 그렇고. 자네 신간회 해산한 것 알제?"

공허는 옥녀를 보고 빙긋 웃고는 말머리를 돌렸다.

"예, 며칠 전에 그리됐더군요."

송가원은 공허 스님의 서울 걸음이 그 일 때문이리라고 짐작했다.

"자네도 해산하는 것이 옳다고 생각허겄제?"

"그렇지는 않습니다. 사회주의자들 주장대로 민족주의자들이 개량적 태도를 취했다고 해도 단체를 해산한 것은 성급한 일이었다고 생각합니다. 왜냐하면 개량적으로 자치운동을 하려고 한 사람은 민족주의자들 가운데 일부에 지나지 않습니다. 그런 자들 때문에 단체를 해산한다는 건 그야말로 구더기 무서워 장 못 담

그는 격이 아니겠습니까? 그리고 신간회는 그동안 총독부의 감시와 탄압을 받으면서도 많은 일을 했습니다. 그런데 신간회를 대신할 아무 대책도 없이 몇 년 동안 힘들여 이뤄 놓은 전국 조직을 없애 버린다는 것은 보통 큰 잘못이 아닙니다. 게다가 신간회가 없어지기를 바라는 자들은 바로 총독부와 자치론자들 아닙니까? 다시 말해 앞장서서 총독부를 도와준 셈인데, 그 사람들한테 남은 건 총독부의 역습뿐입니다."

송가원은 화가 나서 술잔을 단숨에 뒤집었다.

"화아— 요 며칠 새 처음 듣는 가슴 시원헌 의견이시. 고것이 자네 혼자 생각헌 것잉가?"

공허는 눈이 휘둥그레져 송가원을 바라보았다.

"아닙니다. 어떤 선배하고 토론을 해서 얻은 결론입니다."

송가원은 허탁의 이름을 댈까 하다가 공허 스님이 알 리 없어서 그만두었다.

공허는 고개를 끄덕이며 송가원이 자기 줏대를 가진 어엿한 어른임을 새롭게 깨닫고 있었다.

신간회는 1929년 7월 제2차 전체대표대회에서 변호사 허헌을 중앙집행위원장에 선출했다. 그것은 사회주의자들이 신간회의 주도권을 잡았다는 뜻이었다. 이에 반발한 민족주의 세력은 곧 경성지회대회를 열어 조병옥을 지회위원장으로 선출했다. 이때부터 좌우 대립이 심해져 신간회는 금이 가기 시작했다. 그런데 신간회에서 광주학생운동 진상 보고와 아울러 대대적인 민중 대회를 계획하다가 허헌, 홍명희 같은 중앙 간부 44명이 검거되었다. 신간회는 다음 해 11월에 김병로를 중앙집행위원장으로 선출했다. 그때부터 간부들 사이에서 자치론이 나오게 되었다. 그러자 부산 지회에서 중앙 집행부를 비판하며 신간회 해산을 주장하기 시작했고 곧 다른 지회로 번져 나갔다. 그러더니 결국 1931년 5월 15일 전체대회를 열어 해체를 결의하고 말았다.

"어째, 공부는 재미있능가?"

공허는 대낮이고 뭐고 가릴 것 없이 연거푸 술잔을 비웠다.

"아유, 재미가 뭡니까? 고름 짜고 배 째고 하는 게 제 기질에 맞지도 않고, 세상은 자꾸 묘하게 변해 가고, 집어치울까 어쩔까 고민이 태산입니다."

송가원은 허탁에게도 하지 않은 말을 솔직하게 털어놓았다.

"요것 보소, 가원이!"

공허는 앉음새를 고치고는, "공부 잘 마치라는 춘부장 어른 말씀 단단히 명심허소. 시방 저쪽에서는 안 죽어도 될 사람들이 얼마나 많이 죽어 가는 줄 아능가? 그것이 다 의사가 없기 때문이여. 무슨 말인지 알아먹겠제?" 하고 엄한 얼굴로 말했다.

"예, 명심하겠습니다."

송가원은 정신이 퍼뜩 들어 대답했다. 미처 그런 생각을 한 적이 없었던 것이다.

"그려, 고맙네."

공허는 송가원을 바라보며 고개를 끄덕이고는, "근디, 성님은 그리 냅둬도 되는 것이여?"라고 근심스레 물었다.

"폐 나쁜 데는 약을 쓰고 있고 정신도 조금씩 안정되고 있으니까 형님 스스로 회복할 때까지 기다려야지요."

"그려, 자네가 잘 챙기소 잉?"

공허는 못내 속상한 얼굴로 술잔을 비웠다.

"예, 언제 내려가실 건가요?"

송가원이 밖에 걸린 시계에 눈길을 보냈다.

"나야 뜬구름잉게. 수업 시간이 다 되았는갑제? 그려, 가서 공부허소."

공허는 바랑을 끌어당겨 속을 뒤적거렸다.

"그럼 먼저 일어나겠습니다."

송가원이 몸을 일으켰다.

"잉, 얼마 안 되지만 요것 받소. 먹고 싶은 것 사 먹어."

공허가 앉은 채 봉투를 내밀었다.

"아닙니다, 돈 있습니다."

"어허, 어른이 주는 것은 받는 것이여."

"참, 스님이 무슨 돈이 있으시다고……."

송가원이 마지못해 봉투를 받았다.

"내가 학비를 대야 허는디……."

공허의 목소리가 잠겨 들었다.

"잘 쓰겠습니다. 그럼 살펴 가십시오."

"그려, 또 만나세. 공부 잘허고."

공허는 송가원의 손을 꼭 잡았다가 놓았다.

송가원은 방을 나서며 옥녀에게 눈인사를 보냈고, 옥녀도 일어
나 나부시 절을 했다.

이경욱은 한남권번 건너편에서 서성거리고 있있다. 옥비 명창
을 만나려고 두 번째 한남권번을 찾아온 것이었다. 그런데 막상
권번 앞에 서면 두려움이 발목을 잡았다. 그녀를 만나면 무어라
고 해야 할지 갈피를 잡을 수가 없었다.

"안 만나니만 못헐 것이오. 갸 가슴에 맺힌 한이 크니……."

옥비의 오빠 차득보가 마지못해 한남권번을 가르쳐 주며 한 말
이었다. 그나마 그가 입을 연 것은 아버지가 재산을 다 날리고 세
상을 떠났다는 것을 알았기 때문이었다.

이경욱은 손목시계를 들여다보았다. 두 시간이 다 되어 가고
있었다.

'돌아가자, 고양이도 낯짝이 있지……'

이경욱은 발길을 돌렸다. 그는 한숨을 푹 쉬며 잊어야지 하고 생각했다. 그러나 그럴 자신은 없었다.

옥비는 낮에 한남권번의 어린 기생들에게 소리를 가르치고 밤이면 술자리에 나가 소리를 하는 모양이었다.

'밤에 술자리를 만들어 소리를 청하면 어떨까……?'

그렇게 만나는 게 더 자연스러울 것 같았다. 어쩌면 옥비 명창은 자신을 못 알아볼지도 몰랐다. 옥비가 자신을 못 알아보는 게 서로 마음을 다치지 않고 좋을 것 같았다. 자신의 목적은 어쨌거나 옥비를 한번 만나는 것이었다.

이경욱은 윤동선을 떠올렸다. 서울에서 술자리를 함께할 사람은 그 친구밖에 없었다. 썩 마음이 내키지는 않았다. 윤동선은 귀족주의가 완전히 몸에 배어 있었다. 조선왕조에서 대대로 큰 벼슬을 했다는 것을 긍지로 내세웠고, 일본의 작위를 받은 것을 부끄러워하기는커녕 당연한 대접으로 알았다.

윤동선은 졸업하던 해에 바로 고등고시에 합격했다. 그리고 경성에서 검사로 자리를 잡았다. 집안의 힘이 작용했던 것이다.

종로로 나온 이경욱은 전차에 올랐다. 날씨가 더워 사람들의 땀내가 후끈 풍겼다. 이경욱은 손잡이를 잡으며 눈을 감았다.

"아주 잘 돼진 것이여!"

"그려, 그놈 뒈진 것을 보니 하늘이 무심치 않네."

"맞네, 하늘이 날벼락을 친 것이네."

이경욱은 신음을 씹었다. 아버지에게 퍼부어진 그 많은 저주를 잊기에는 아직 시간이 너무 짧았다. 이제 겨우 두 달이 지났을 뿐이었다.

아버지는 논바닥에 쓰러져 세상을 떠났다. 더 정확히 말하면 사금을 캐기 위해 파 놓은 흙더미 위에 쓰러져 숨이 끊어졌다. 죽음이 너무 갑작스러워 아무도 임종을 지키지 못했다.

뒤늦게 안 일이지만, 아버지는 동업자인 우노사와에게 고스란히 사기를 당했다. 우노사와는 주먹 패를 끌어들여 금돌을 빼돌렸고, 아버지는 그에 맞서 조선 주먹 패를 끌어들인 모양이었다. 그런데 조선 주먹 패는 곧 우노사와와 한통속이 되었다. 우노사와가 경찰에 손을 썼고, 조선 주먹 패는 경찰의 힘 앞에서 아버지를 배신해 버린 것이었다. 그렇게 금돌을 계속 도둑맞아 가면서 아버지는 아주 적은 배당을 받았고, 그 돈으로 재투자를 하고 주먹 패에게 뜯기고, 그러다가 우노사와마저 자취를 감추고 말았다. 그때서야 사기당한 내막을 알게 된 아버지는 폐광이 된 흙더미 위에서 펄펄 뛰다가 쓰러져 그대로 숨이 끊어져 버렸다.

아버지가 남긴 것은 덩그렁 집 한 채뿐이었다. 만석꾼 재산이라고 소문난 돈은 흔적도 없이 사라져 버렸다.

덕수궁 앞에서 전차를 내려 법원 쪽으로 가면서도 이경욱은 마음 한구석이 찜찜했다. 윤동선이 더 친일적으로 변해 있을지도 몰랐고, 아직 고등고시에 합격하지 못한 자신을 어떻게 대할지 신경이 쓰이기도 했다.

현관 수위실에서 알아보니 윤동선은 재판에 들어갔다고 했다. 이경욱은 어디 가서 차나 한잔 마시며 점심시간까지 기다릴 생각으로 돌아섰다.

법원을 나서다 말고 이경욱은 걸음을 멈추었다. 새로 짓고 있는 커다란 법원 건물이 신경에 거슬렸다.

'얼마나 죄인이 많기에……, 망할 놈들이 마구 잡아들이는 거지…….'

이경욱은 몹시 기분이 상했다. 총독부는 치안유지법을 해마다 강화시켜 사상범의 최고형을 무기징역에서 사형으로 높였다. 그 법은 '체제 변혁을 도모하는 자'라고 하여 노골적으로 사회주의 독립운동가들을 표적으로 삼고 있었다. 법원 건물을 새로 짓는 것도 치안유지법의 강화와 맞물려 있는 일일 터였다.

이경욱은 법원을 막 벗어나고 있는 사람에게 시선이 멎었다. 대학 선배 홍명준이었다.

"선배님, 홍 선배님!"

이경욱은 홍명준에게 달려갔다.

"아니 이 형, 여긴 어쩐 일이야?"

홍명준이 멈칫하다가 반가워했다.

"예, 동창 윤동선을 만나러 왔는데 재판에 들어갔다고 해서 도로 나오던 참입니다."

"점심때나 돼야 재판이 끝날 텐데, 별일 없으면 내 사무실로 갈까?"

"예, 구경 좀 시켜 주십시오."

바라던 바라 이경욱은 얼른 대답했다.

"윤동선이한테 부탁할 게 있나?"

"아닙니다. 서울에 온 김에 그냥 만나 볼까 해서……"

"다행이군, 용건이 없어서. 그 사람 아주 모범적인 검사일세."

홍명준의 말투에 야유가 담겨 있었다. 이경욱은 얼굴이 화끈 달아올랐다.

"그동안 더 많이 변한 모양이군요."

"그것도 괜찮은 일이지. 가장 편하게 사는 방법이니까."

두 사람은 곧 사무실로 들어섰다.

"앉게나. 자넨 고시 치를 맘이 없나?"

홍명준이 먼저 앉으며 물었다.

"아닙니다. 올해부터 맘먹고 공부할 작정입니다."

이경욱이 어색하게 웃었다.

"그래, 기왕 하려면 서둘러야지."

사무원 아가씨가 차를 내왔다.

"그런데 법원에 새로 짓고 있는 건물은 뭔가요?"

이경욱이 홍차를 한 모금 마시고 나서 물었다.

"응, 그거? 500여 명을 재판할 대법정을 짓는 걸세"

홍명준이 찻잔을 들었다.

"아니, 무슨 죄인이 그렇게나……?"

이경욱의 눈이 휘둥그레졌다.

"다 만주에서 붙들려 온 우리 동포들일세. 작년 5월에 중국공산당의 지시에 따라 만주에서 반일 투쟁이 일어났네. 그 투쟁은 며칠 사이에 진압됐는데, 주도 세력이 우리 조선 사람들이었네. 그러니 체포되는 사람들은 거의가 조선 사람이었지. 그런데 몇 달이 지나 투쟁이 또 일어났네. 추수철을 맞아 일으킨 추수 투쟁이었지. 그 폭동은 진압되는 듯하다가도 진압이 안 되고 만주 전역으로 퍼져 나가더니 금년 2월의 춘황 투쟁으로 이어졌네. 그러는 동안 체포된 사람이 2천 명쯤인데, 거기서 중국 사람을 빼고 주동자로 골라낸 조선 사람이 5백 명쯤 되네. 그들을 다 서울로 끌고 왔는데, 그 많은 사람을 재판할 법정이 없지 않나. 그래서 대법정을 짓고 있는 걸세."

"이런 미친놈들이 있나!"

이경욱이 자기도 모르게 터뜨린 말이었다.

"헌데, 일이 그것으로 끝난 게 아닐세. 자네 만보산 사건 알지?"

"예, 신문에 나지 않았습니까?"

"그 만보산 사건도 우연히 일어난 게 아닐세. 아까 말한 그 사건으로 조선 사람들은 중국 관헌과 일본 경찰에 쫓겨 산골로 집단 이주를 할 수밖에 없었네. 그 사람들 가운데 일부가 장춘현 만보산 아래로 피신을 했지. 거기서 논을 일구려던 조선 사람들과 그걸 막으려는 중국 사람들 사이에 다툼이 생겼고, 중국 관헌들이 나서자 그에 맞서 일본 경찰이 출동했네. 고맙게도 조선 사람들을 보호한다는 명목이었지. 거기까지는 좋은데, 일본 영사관에서 더 큰 문제를 일으켰네. 그 대단찮은 충돌을 마치 중국 관헌과 중국 사람들이 조선 사람들을 집단 폭행해서 사상자가 많이 생기고 있는 것처럼 과장하고 날조해서 기사를 쓰도록 한 거네. 그 과장되고 날조된 기사가 서울에서 호외로 뿌려지고, 다른 신문들도 다투어 기사를 낸 것이 열흘 전쯤이지. 그 기사를 읽고 흥분한 사람들이 여기저기서 중국 사람들을 폭행하고 중국집을 습격하지 않았나. 왜놈들이 노린 이간 책동이 보기 좋게 성공한 거지. 조선 땅에서 중국 사람들이 당하면 중국 땅에서는 누가 당하겠나? 뒤늦게 일본의 꿍꿍이속을 알아차린 사회단체에서는 진상 조사에 나서고, 중국 측에 해명을 하고, 대중들의 보복 행위를 중지시키려고 애쓰고 있네. 이게 예사 문제가 아닐세."

홍명준은 심각한 얼굴로 찻잔을 들었다.

이경욱은 속으로 당황했다. 현직 변호사가 알고 있는 정보는 엄청났다. 한낱 법학도인 자신은 도저히 알 수 없는 내용이었다.

"좋은 말씀 많이 들었습니다. 전 이만……."

"그래, 반가웠네. 자네도 빨리 결판을 내도록 하라구."

"예, 알겠습니다. 안녕히 계십시오."

밖으로 나온 이경욱은 윤동선을 만날 마음이 없어졌다. 그리고 옥비를 술자리에서 만나려던 생각도 잘못인 것 같았다. 서울에서 어정거릴 게 아니라 한시바삐 집으로 내려가야 한다는 생각이 들었다.

이경욱은 법원을 뒤로하고 큰길 쪽으로 걷기 시작했다. 더 이상 세상의 변두리에서 어슬렁거리고 싶지 않았다. 고서완 선생님의 말을 적극적으로 실천에 옮기지 않은 것이 후회스럽기도 했다. 그분이 석방될 날도 얼마 남지 않았다.

37

뿌리

"응애애……."

아이의 울음소리가 가녀리게 흘러나왔다.

"뭐꼬?"

구상배가 몸을 벌떡 일으키며 방 쪽에다 대고 소리쳤다.

"급하기도 하요. 꼬치라요, 꼬치!"

방 안에서 소리치는 여자의 달뜬 목소리였다.

"이 집에 꼬치 풍년 아이가. 술 한잔 걸게 내야 되겠다."

구상배가 방영근의 어깨를 쳤다.

"야아, 그러제라."

그제야 방영근은 긴장이 풀려 빙그레 웃음을 피워 냈다.

"기술도 좋다. 어떻게 셋을 쪼로록 아들로만 뽑아내노?"

구상배가 눈을 흘겼다.

"성님이 중매 잘 들어 그렇제라. 오늘 밤에 한잔허실랑게라?"

"그게 좋겄제? 사람들이 일 끝내고 오면 그냥 안 넘길라 할 거 아이가?"

"그러제라. 술 장만해 와야겄소."

방영근이 자리를 털고 일어섰다.

"뼈떡 다녀오게. 나는 인제 농장에 나가 봐야 안 되겠나."

구상배는 다녀오라는 손짓을 하며 돌아섰다.

방영근은 구상배에게 조장 이상의 깊은 고마움을 느끼고 있었다. 아내의 출산을 염려해 자신의 하루 일을 면제해 주었을 뿐만 아니라 함께 자리까지 지켜 준 것이었다.

동네를 벗어난 방영근은 큼직한 돌을 하나 집어 들었다. 동네 어귀 갈림길에는 우람한 샌달우드 나무가 서 있었다. 그 둘레로 크고 작은 돌들이 키 높이로 수북하게 쌓여 있었다. 방영근은 그 돌무더기 위에 돌을 가만가만 올려놓고 바르게 서서 머리를 조아렸다.

'살펴 주신 덕에 아들을 얻었구만요. 탈 없이 잘 크게 보살펴 주십소사.'

방영근은 간절한 마음으로 빌고는 상점으로 바삐 걸었다. 셋째도 아들을 낳았다는 것이 뿌듯하면서 또 허전하기도 했다. 이대로 여기서 한평생을 살게 되는가 하는 생각 때문이었다. 방영근만 그런 게 아니었다. 어느 집 아이들이고 학교를 다니기 시작하면 하루가 다르게 영어를 썼다. 어른들은 집에서는 영어를 못 쓰게 했지만 아이들은 저희들끼리 놀 때면 으레 영어를 지껄였다. 그 손짓 발짓도 횐둥이 흉내였다. 그럴 때마다 어른들은 자기들의 뿌리가 하와이 땅 깊이 박히는 것을 염려하지 않을 수 없었다.

저녁밥을 먹고 나서 사람들은 방영근네 집 앞 빈터로 모여들었다.

잇댄 두 개의 술상에 20여 명이 빼꼭하게 둘러앉았다.

"산모 탈 없고 아들 잘 자라라고 비는 맘으로 많이들 드소 마."

구상배가 윗사람답게 한마디 했다.

"어이, 영근이 자네도 한마디 허드라고."

"어허, 술들이나 많이 먹어."

방영근이 쑥스러워하며 주먹으로 허공을 쳤다

"염치없이 아들을 셋씩이나 주르르 낳았으니 무슨 할 말이 있겠어. 우리는 술이나 많이 축내 앙갚음하드라고."

"저 사람은 늦장가 가더니 실속은 혼자 다 차린당게."

"말년이 든든해서 좋겠는데."

"모르지, 애들 서양 물 들어가는 걸 보면 아들 많다고 말년이

편하게 될지."

"그래, 늙어서 사나운 꼴 안 당하려면 어릴 때부터 조선식 예의 범절을 잘 가르쳐야 해. 서양식 중에서 제일 못돼 먹은 게 효도 모르는 거야. 그게 어디 사람 꼴이야?"

그들은 어느덧 자식들 기르는 문제로 의견이 모아져 있었다. 그 문제는 그들에게 아주 심각한 문제였다.

"성님, 그 특헌금인지 뭣인지는 어쩔 깁니꺼? 요번 공일날 또 찾아올 긴데 말입니다."

누군가가 이야기를 바꾸며 구상배에게 물었다.

"글쎄……."

구상배가 무거운 목소리를 흘리며 술잔을 들었다. 특헌금이란 특별 헌금을 말하는 것이었다.

"또 고양이헌티 생선 맡기는 꼴 아니겠어?"

누군가가 퉁명스럽게 침묵을 깼다.

"맞어, 죽 쒀서 개 좋은 일 시킬 것 없지."

다른 사람이 재빨리 맞장구를 쳤다.

"보래, 그동안 우리가 낸 세금이나 후원금이 아무리 피땀을 짠 것이라 해도 목숨 바쳐 싸우고 있는 분들에 비허면 새 발의 피 아이가? 그리고 우리가 낸 혈세를 중간에서 떼먹은 인종이 못된 것이제, 독립투사들까지 도매금으로 몰아쳐서야 되겠나? 그 문제는 입에 술 대고 헐 이바구가 아니니께 다음으로 미루는 기 좋겄다."

구상배의 차분하면서도 무게 실린 말이었다.

"우리도 중간에서 후원금을 걷는 사람들을 못 믿겠다는 것이지, 목숨 걸고 싸우는 독립투사들을 욕하는 게 아닌데요."

"그걸 누가 모르나? 술기운에 말 많이 허다 보면 그런 말실수도 생길지 모르니 미리 막은 거 아이가. 오늘은 노래나 부르면서 기분 좋게 놀거라."

구상배가 그들을 다독거리듯 말했다.

그들이 품고 있는 불신감은 이승만 한 사람만이 아니었다. 이승만 사건에 뒤이어 박용만이 밀정으로 변절해 북경에서 살해된 사건이 터졌던 것이다. 그게 4년 전 일이었다.

이승만 사건이 일어난 서너 달 후에 중국에 있던 박용만이 하와이에 나타났다. 그가 하와이에 온 목적은 중국 땅에 넓은 황무지를 확보해서 독립운동 근거지를 만들고, 독립군을 길러 낼 자금을 마련하기 위해서였다. 거기에 필요한 자금은 자그마치 2만 달러였다. 하와이의 조선 사람들은 기꺼이 그 모금에 응했다. 이승만에게 실망했던 사람들은 박용만의 진실함을 믿었던 것이다.

모금은 무난히 이루어져 박용만은 곧 중국으로 떠났다. 그런데 2년 뒤에 박용만이 의열단의 총에 맞아 죽은 것이었다. 그 소식은 사람들을 충격과 혼란에 빠뜨렸다. 박용만이 일본의 밀정이다, 아니다 하는 얘기가 어지럽게 떠돌았다. 호놀룰루에 본부를 두고 있는 박용만계의 조선독립단 사람들은 박용만이 변절자가 아니라고 누누이 강조했다. 그들의 말이 맞다면 명망 높은 독립 투사를 죽인 죄가 의열단으로 돌아갔다. 그런데 정반대의 주장도 꼬리를 이었다. 의열단이 확실한 근거도 없이 그런 중대한 일을 할 리가 있느냐는 것이었다. 이렇게 되자 사람들은 혼란에서 벗어날 수가 없었다.

그런데 사람들은 자기들이 낸 헌금에 관심이 쏠렸다. 그 돈이 어디에 어떻게 쓰였는지 아는 사람은 아무도 없었다. 그 의혹과 함께 사람들은 차츰 박용만을 의심하기 시작했다. 그런데 얼마 뒤 사람들의 마음은 완전히 돌아섰다. 조선에서 건너온 신문에 박용만이 밀정으로 변절해 살해되었다는 기사가 실려 있었던 것이다.

그 뒤로 사람들은 한인회에서 거둬들이는 세금만 마지못해 냈다. 그것마저 외면하는 사람도 적지 않았다. 그런 싸늘한 분위기 때문인지 그동안 특별 헌금을 모금하는 일은 없었다. 그런데 특별 헌금을 모으는 사람들이 다시 농장을 돌기 시작한 것이었다.

그 모금 운동과 함께 떠오른 이름이 상해임시정부 국무령 김구였다. 김구가 올해 무슨 비밀단체를 만들었는데, 그 단체를 돕자는 모금이었다. 그 비밀단체란 일본의 요인을 암살할 목적으로

백범 김구

만든 한인애국단을 말하는 것이었다.

그들의 예상대로 이틀 뒤 공일날이 되자 모금원들이 찾아왔다.

"어서 오이소. 일은 잘돼 가능교?"

구상배가 이미 알고 있는 그들을 맞으며 나무 그늘에 자리를 권했다.

"이거 참, 생각보다 일이 어렵습니다."

모금을 주도하고 있는 임성우란 사람이 떨떠름하게 웃었다. 그는 대한제국 군인 출신으로 하와이의 대조선독립군단의 독립군 훈련 시절에 대위를 지낸 사람이었다.

"사람이 한 번 속지 두 번 안 속는다는데, 여기 사람들이 크게 두 번이나 속았으니 그 맘들이 우짜겠능교? 그러니 무작정 헌금을 내라카지 말고 사람들 맘을 모으는 방책부터 세워야 될 기라요."

"우리도 생각해 봤는데 마땅한 방책이 있어야지요. 무슨 좋은 생각 없습니까?"

임성우는 곤혹스러운 얼굴이었다.

"뭐 어렵게 생각할 기 있나요. 요번 일에는 속는 게 아니라는 무슨 보증서를 써 주는 방도를 찾아보이소."

"보증서라……."

그들은 침울한 얼굴로 돌아갔다가 사흘이 지나 다시 찾아왔다.

"이런 방법은 어떻겠습니까? 김구 선생이야 임정 국무령이시니

까 믿을 수 있을 테고, 우리를 못 믿는 것 아닙니까? 그러니 헌금
자 이름을 작성해 헌금자들이 일일이 서명을 하게 해서 총액이
얼마인지 모두가 확인하게 하는 겁니다. 그리고 임정에 돈을 보내
는 것도 누구에게 맡길 게 아니라 우체국에서 보내고, 그 송금증
을 사람들이 보게 하는 겁니다."

구상배를 바라보는 임성우의 눈이 빛나고 있었다.

"맞심더. 그러면 우리도 헌금을 내지예."

"아이고 고맙습니다."

임성우가 구상배의 손을 덥석 잡았다.

특별 헌금 1천 달러는 열흘을 넘기지 않고 모였다.

38

만주 침략

1931년 9월 18일, 만주사변이 터졌다. 일본의 관동군이 만주를 침략한 것이다. 남만주에서 가장 큰 도시 봉천을 하루아침에 점령한 관동군은 거침없이 북동쪽으로 진격했다.

만주사변은 일본의 조작으로 일어났다. 오래전부터 만주를 손아귀에 넣으려고 노리던 일본은 자기네가 관리를 맡고 있던 만주 철도를 스스로 폭파했다. 그러고는 그게 중국 측에서 한 짓이라고 뒤집어씌우고는 철도를 보호한다는 구실을 내세워 침략한 것이었다.

방대근은 북만주 영안현에서 그 소식을 들었다. 무정부주의 투쟁 조직을 확대하기 위해 노병갑을 만나러 와 있었던 것이다.

"야단났네. 관동군이 침략해 왔다는군. 중국하고 싸우겠다는 건데, 미친놈들 아니야?"

노병갑이 알아 온 정보였다. 그는 독립군 장교복을 입고 있었다.

"아니제. 즈그 생각으로야 청나라허고 싸워 이겼고 러시아허고도 싸워 이겼응게."

방대근은 무표정했다.

"헌데, 그놈들이 벌써 길림을 넘어섰다는데 그쪽 독립운동 단체들은 어떻게 했을까?"

"그야 우선 피허는 수밖에. 그것이 병법의 기본잉게."

방대근은 돌아갈 생각을 하며 대답했다.

"그나저나 중국 사람들은 어떻게 할까?'"

노병갑이 담배를 빼 들었다.

"……그냥 당허고만 있겠능가?"

"중국 사람들은 영 이상해서, 당장 위험이나 손해가 없으면 그저 숨죽이고 있을지도 모르네."

"중국 사람들도 인제 옛날 청나라 시절 사람들이 아니시. 신해혁명 뒤로 이 사람들도 개명헐 만치 개명혔네."

"그렇지도 않네. 개명한 것들이 왜놈들하고 삼시협정을 맺어 우리 독립운동을 방해하고, 우리 동포들을 못살게 굴었단 말인가?"

"그야 부패헌 장작림 군벌이 헌 짓거리제 중국 사람이 다 그런 것은 아니제."

"자넨 만주가 어떤 꼴이 된 줄 몰라서 그래. 그놈의 삼시협정 때문에 우리 독립투사들이 얼마나 많이 감옥에 간 줄 아나? 1927년에 고려공청 만주총국 간부 29명이 체포된 것을 비롯해서 다음 해 신민부 간부 9명, 조선공산당 만주총국 간부와 당원 72명, 참의부 간부 40여 명 등등 헤아릴 수 없이 많네."

"송 선생님헌티 들어서 나도 잘 알고 있네. 근디 인제 안 달라질 수가 없네. 장작림이야 왜놈들 꾀에 놀아나다가 폭사당했지만 그 아들 장학량은 왜놈들을 원수로 삼고 있지 않나? 또 만주에도 중국공산당이 뿌리를 내리기 시작했단 말이시. 어쨌거나 만주의 중국 사람들이 나서게 돼 있는디, 그리되면 우리는 믿을 만헌 동지들을 얻는 셈이시. 발등에 불이 떨어진 중국도 우리허고 손을 잡을라고 헐 것잉게. 일이 그리 돌아가면 요번 사태가 우리헌티 꼭 불리헌 것만도 아니제."

"그럴 수도 있긴 한데……."

노병갑은 왼쪽 볼을 만지작거리며 고개를 끄덕였다. 그 볼에는 전에 없던 큰 흉터가 잡혀 있었다. 한눈에 보아도 칼질을 당한 흉이었다.

"자네도 얼른 대책을 마련혀야 허고, 나도 이러고 있을 때가 아니시. 인제 내 말에 답헐 때가 안 되았능가?"

방대근은 노병갑을 똑바로 바라보았다.

"자네 말 듣고 나서 곰곰이 생각해 봤는데, 난 지금도 자유시 참
변을 잊을 수가 없네. 그 사건 이후로 난 공산주의자들을 믿지 않

았네. 그런데 또 공산주의자들은 김좌진 장군을 죽이지 않았나? 난 도저히 용서할 수가 없네. 그리고 자네가 말하는 무정부주의 라는 건 너무 모호하고 막연해. 이도 저도 아니고 뜬구름 잡는 얘기 같단 말야. 그러니 내가 설 자리가 어디겠나?"

노병갑의 태도도 분명했다.

"솔직히 말해 줘서 고마우시. 근디, 자네같이 큰일을 맡고 있는 사람이 사태를 오해허고 있어서야

되겠능가? 자유시 참변은 세월이 흐르면서 그 진상이 다 밝혀졌네. 소련은 연해주에 진을 치고 있는 일본군헌티 트집 안 잡히고 그놈들을 몰아낼라고 그놈들이 원허는 대로 조선 독립군을 무장해제시킨 것이네. 그런 다음에 자기들 군대와 함께 일본군허고 싸울 생각이었네. 그것은 자유시 참변 뒤에 같이 빨치산 활동을 헌 것으로 입증되었네. 그런디 소련의 그런 의도허고는 별개로 우리 조선 공산주의자들이 파벌 싸움을 하다가 무력 충돌이 일어났네. 그러자 소련군이 한쪽 편을 들어 충돌 진압과 무장해제에 나선 것이네. 이런 사태를 두고 그 난리판에서 살아나 만주 땅으로 돌아온 사람들은 무작정 소련이 독립군들을 죽이고 무장해제시켰다고 야단이 났었네. 물론 진상을 잘 모를 때였으니 그럴 수 있제. 근디 자네는 어째서 그때 생각을 그대로 지니고 있능가?"

방대근은 노병갑을 안타까운 눈길로 바라보았다.

"말하는 걸 보니 자네도 공산주의 물이 들었구만. 그럼 어째서 공산주의자들이 김좌진 장군을 죽였나? 자네도 공산주의자들이 모함하는 대로 김좌진 장군을 밀정이라고 할 텐가!"

노병갑의 목소리가 높아졌다.

"아니시. 나도 그 어른을 뫼시고 청산리에서 싸운 사람으로 그분의 지조와 인품을 믿네. 그분이 화를 입은 것은 공산주의에 반대허는 그분 말씀에 화가 난 극단적 공산주의자들 짓이네. 나야 공산주의자는 아니네만 그 사람들끼리도 극좌라고 허는 극단적 공산주의자들에 대해서 비판도 많고 경계도 허고 그러네."

"그래 봐야 공산주의자들은 공산주의자들이야."

노병갑의 태도는 단호했다.

"그려, 내가 공산주의 변호인도 아닌디, 그 말은 그만허세. 근디 우리가 한 가지 명심헐 것이 있네. 자네나 나나 왜 만주 땅에서 요 고생을 허고 있능가? 그야 천 번 만 번 물어도 독립을 위해서 아니여? 민족주의자든 공산주의자든 무정부주의자든 조선 사람 이면 그 목적은 다 하나여. 근디 주의가 다르다고 서로 미워허고 싸워서야 되겠능가? 우리는 서로 손을 잡아야 혀. 우리 의열단이 중국공산당이나 조선공산당을 도운 것도 다 그런 뜻 때문이여. 나는 시방 송 선생님 밑에서 무정부주의 투쟁을 허고 있지만 언 제 또 공산주의자로 활동헐지 모르네. 독립에 더 도움이 된다면 야 주의야 언제든지 바꾼다는 것이 내 주의잉게로. 그럼 그때 가 서 자네는 내 가슴에다 총질헐랑가?"

"그런 극단적인 예는 들지 마."

노병갑은 말허리를 잘랐다.

"극단적인 것이 아니여. 신채호 선생, 이회영 선생, 송수익 선생 같은 분들이 어째서 그 연세에 무정부주의 투쟁에 나서셨겠능 가? 인제 민족주의로는 한계가 있다고 판단허신 것이네. 신흥무관학교 시절에 배운 것이 있제? 안목을 넓고 크게 갖고 사물을 바르게 판단허란 것 말이여."

방대근은 찻잔을 들었다.

"흥, 자네 그동안 의열단에서 폭탄 던지고 암살하는 기술을 배운 게 아니라 언변술을 배운 모양이군."

노병갑이 냉소적으로 웃었다.

"맞네. 책도 많이 읽고, 토론도 많이 혔네. 나 끝으로 한마디만 더 허고 가려네. 우리 독립지사들 중에 훌륭헌 분들 많네. 그중에 내가 가장 존경허는 분이 아까 말헌 세 분이시. 그분들이 세운 공도 공이지만 내가 깊이 머리를 숙이는 것은 세 분 다 절대로 직위나 감투에 연연허지 않으셨기 때문이네. 그러니 파벌을 지을 필요가 없었제. 우리 독립운동 단체들이 하나로 뭉치지 못헌 것이 그놈의 감투 욕심 때문 아닌가? 나도 가끔 감투 욕심에 솔깃할 때가 있는디, 그때마다 그분들을 생각허면서 맘을 털고 허능구마. 그만 떠야 쓰겄네."

방대근은 다 헐어 빠진 중국옷을 털며 일어섰다. 그는 영락없는 중국 농부였다.

노병갑은 마차역까지 배웅을 나갔다.

"먼 길 조심하게. 관동군들을 마주 보고 가는 거니까."

악수를 하며 노병갑이 쓸쓸히 웃었다.

까맣게 멀어지는 마차를 지켜보고 있다가 노병갑은 문득 그 생각이 떠올랐다.

'아, 그게 나를 두고 한 말이었구나!'

한족총연합회 소속 독립군 참모장. 자신의 직위를 두고 방대근이 그런 말을 했음을 노병갑은 뒤늦게 깨닫고 있었다.

방대근……, 그는 의열단원일 뿐 아무런 직위도 없었다. 그러면서도 아무 거리낌이 없고 당당했다. 방대근이야말로 참모장 아니라 사령관을 해도 손색이 없는 인물이었다. 그런데도 중국 농부행세를 하며 의연하게 만주 벌판을 오가고 있었다.

노병갑은 괴로움에 신음을 씹었다.

한편, 방대근도 흔들리는 마차 안에서 노병갑을 생각하고 있었다. 장교복을 단정하게 입은 노병갑의 모습은 보기 좋았다. 독립군 참모장, 그 직위도 그의 투쟁 경력과 나이에 걸맞게 잘 어울렸다. 그러나 생각이 너무 외골수로 막혀 있는 게 문제였다. 만주의 상황이 빠르게 변하고 있는데, 자칫 잘못하면 그는 골목대장이 될 형편에 처해 있었다. 그렇지만 차마 그 말을 할 수는 없었다. 김좌진이 없는 한족총연합회는 그 앞길을 예측하기가 어려웠다.

만주의 삼부가 통합해 국민부가 조직된 것이 1929년 3월이었다. 그런데 신민부에 속해 있던 김좌진은 그 통합에 불만을 품고 휘하의 군정파를 이끌고 나왔다. 그리고 영안현에서 한족총연합회를 새로 조직했다. 그런데 김좌진은 6개월 만에 암살당하고 말았다. 대장을 잃은 한족총연합회는 이제 명맥만 유지하고 있을 뿐이었다.

방대근은 노병갑 생각에서 벗어나 밖으로 눈길을 돌렸다. 9월 하순으로 접어든 만주 벌판은 어느덧 가을이 짙어 가고 있었다. 사람들이 벼를 베느라 바빴다.

'추수나 제대로 하는 것인가……'

방대근은 지삼출 아저씨를 생각했다. 올해 농사는 꽤 풍년이라고 했다. 그런데 이미 관동군의 손아귀에 들어갔으니 무슨 피해를 입지는 않았는지 걱정이었다. 추수한 벼를 약탈당하지 않으리라는 보장이 없었다.

기차를 타고 가던 방대근은 장춘역에서 끌려 내려갔다. 일본군이 착검한 총을 겨누며 젊은 남자들을 골라냈던 것이다.

"지금부터 열 명씩 조를 짠다. 가까운 사람들끼리 빨리 열 명씩 조를 짜라!"

니뽄도를 휘두르는 군인의 말을 한 남자가 중국말로 바꾸었다.

군인들은 재빠른 동작으로 사람들을 열 줄로 세웠다.

"지금부터 저쪽 열차에서 하역 작업을 실시한다. 누구든 잔꾀를 부리면 그 조는 단체 기합을 받게 된다. 그러나 작업을 빨리 끝내는 조는 바로 보내 줄 것이다. 모두 열심히 하라!"

화물차 칸마다 한 조씩 배치되었다. 화물차마다 물건이 가득 들어 있었다. 그들은 감시를 받으며 그 물건을 내리기 시작했다.

짐들은 크기에 비해 꽤 무거웠다. 그것들이 무기이거나 탄약일 거라는 짐작은 쉽게 할 수 있었다. 이것들을 다 폭파해 버린다면 얼마나 좋을까? 방대근은 몇 번이고 그 생각을 했다.

두 시간쯤 걸려 하역 작업이 끝났다. 날씨가 서늘한데도 사람들은 모두 땀을 흘리고 있었다. 그들을 기차로 돌려보내면서도 일본군은 수고했다는 빈말 한마디 하지 않았다.

만주 한가운데 있는 장춘이 관동군의 손에 들어갔으니, 앞으로 한두 달이면 만주가 다 넘어갈 것이었다.

길림역도 일본군이 장악하고 있었다. 방대근은 서둘러 역을 빠져나와 마차에 올랐다.

마차를 타고 가는 내내 이 생각 저 생각에 머리가 복잡했다. 앞으로 의열단에서는 어떻게 할지, 송수익 선생은 또 어떻게 할지, 조선 독립군은 어떻게 할지, 장학량의 군대와 중국공산당은 어떻게 할지, 의문만 꼬리를 물고 피어날 뿐 어느 것도 확실한 답은 나오지 않았다.

"아이고메 대근아, 인제 오냐!"

마차에서 내린 방대근은 깜짝 놀랐다. 수국이 누나가 달려오고 있었다.

"여기 어쩐 일이여?"

"아이고, 피 다 말라 버렸다. 얼른 오제."

반가움이 넘치는 수국이는 주먹으로 허공을 쳤다.

"아이고메, 노총각 기다리다가 허리 다 빠지겠네."

필녀도 다가서며 과장되게 허리를 쿵쿵 두들겼다.

"아니, 필녀 누나도 나왔소? 왜들 이러요? 내가 과거 급제허고 오는 것도 아니고."

말은 이렇게 하면서도 방대근은 무슨 일이 있음을 직감했다.

"얼른 가자. 이러고 있을 때가 아닝게."

수국이가 동생의 팔을 잡아끌었다.

"무슨 일 났능가?"

방대근은 낮고 빠르게 물었다.

"동네 들어가면 안 돼야."

수국이의 대답도 낮고 빨랐다.

"선생님은?"

"피허셨어. 시방 그리로 가는 것잉게 아무 말도 말어."

수국이도 필녀도 걸음이 빨라졌다. 방대근은 뚜벅뚜벅 그 뒤를 따라 걷기 시작했다.

39

협박과 회유

"어이, 그러지 말고 담뱃값 좀 주소."

정재규는 똑같은 말을 세 번째 했다. 아내의 눈치를 슬슬 살피는 그의 얼굴에는 주름살이 많이 잡혀 있었다. 노름으로 재산을 다 날리고 빚쟁이한테 집까지 빼앗긴 뒤로 그는 팍팍 늙어 가고 있었다.

"담뱃값 없으면 그놈의 담배 끊으씨요!"

들은 척도 않고 인두질만 하던 윤 씨가 입을 열며 인두를 화로에 푹 꽂았다. 목소리는 크지 않았지만 차고 매섭기가 칼날이었다.

"그리 야박허게 허지 마소. 이 나이에 담배까지 끊으면 무슨 재미로 살겄능가?"

정재규는 비굴하게 웃으며 달라붙었다.

"시방 사는 재미 찾게 생겼소? 만석꾼 재산 그 못된 노름으로 다 털어먹고 나를 이 나이에 삯바느질까지 하게 만들어 놓고, 아들 하나 있는 것도……."

"아이고, 되았네 되았어……."

정재규는 인두에 데기라도 한 것처럼 후닥닥 일어나 방을 뛰쳐나갔다. 아내의 넋두리가 터져 나오기 시작하면 자신이 저지른 잘못이 시시콜콜 들춰지게 마련이었다.

사립을 나선 정재규는 맥 빠진 발길을 터덕터덕 옮겼다. 날은 춥고 갈 데는 없었다. 담뱃값이라도 받아 내야 푼돈 노름이라도 할 텐데 아내는 바늘 끝 하나 들어가지 않는 차돌멩이였다. 동생 상규를 찾아가 볼까 생각했지만, 창피만 줄 뿐 돈을 줄 놈이 아니었다.

'가만 있거라……, 도규가 3년 반을 선고받았으니 풀려날 날도 얼마 안 남았제.'

정재규는 도규네를 찾아갈 핑계를 찾아냈다. 출감 날짜를 물어보고 어쩌고 하면 자연스러울 거였다.

"아이고, 날도 추운디 큰아부님께서 어쩐 걸음이신가요."

정도규의 아내 김 씨가 싫은 마음을 애써 감추며 인사했다.

"동생 나올 때가 다 된 것 같아서 날짜도 알아보고, 조카들도 잘 크는가 볼라고⋯⋯."

정재규는 점잖게 헛기침을 했다.

"예, 안으로 드시제라."

김 씨는 예절을 깍듯이 갖추었다.

"출감 날짜가 어찌 되오?"

정재규는 계수가 권하는 대로 아랫목에 자리 잡으며 물었다.

"예, 이달 그믐이구만요."

"그럼 얼마 안 남었는디, 경성은 언제 올라갈 참이시오?"

"하루 전에 올라갈랑마요."

"나도 올라가 보긴 올라가 봐야 허는디 땡전 한 닢 없는 신세니 원⋯⋯."

정재규는 은근슬쩍 속마음을 내비쳤다.

"아니구만요, 날도 추운디 고생스럽게 뭐허러⋯⋯ 그냥 지 혼자 다녀올랑마요."

김 씨는 당황스럽게 말했다. 궁상스러워진 시아주버니와 함께 간다는 게 끔찍스러웠다.

"아그들은 공부 잘허요?"

"예에⋯⋯."

김 씨는 건성으로 대답했다.

"상규는 더러 오요?"

"통 걸음이 없으시구만요."

"흠, 그놈이 영 느자구가 없소. 동생이 없는 집안에 더러 계수 씨도 찾아보고 조카들도 살피는 것이 사람 도리 아니겠소."

정재규는 돈 우려낼 생각에 급급해 손아랫사람에게 손윗사람을 험담하는 체통 없는 짓을 저지르고 있었다.

"……."

"나허고 가면 계수씨도 불편헐 것이니 혼자 다녀오도록 허씨요. 갈 데가 있어서 그만……."

정재규는 무슨 인심이라도 쓰듯 말하고는 일어설 눈치를 보이며 뭉그적거렸다.

"이리 찾아봐 주시니 고맙구만요."

김 씨는 뭉그적거리는 속셈을 빤히 알면서도 모르는 척 인사했다.

"저…… 친헌 집에 초상이 났는디, 빈손으로 갈 수도 없고…… 내 체면을 좀 세워 줬으면 쓰겄는디……."

정재규는 그럴듯하게 말을 꾸며 냈다. 차마 또 담뱃값을 달라고 할 수는 없었다.

"부조는 얼마나 혀야 되는디요?"

"많이 허고 싶지만 내가 갓끈 떨어진 신세니 2원이면 되겠는다……."

정재규는 속이 타는지 입술에 침을 축였다.

"우현이는 우리 집안 장손으로 아버지 어머니 제사를 지낼 아이요. 우리 재산도 결국 아버지 것이니까 그 애 학자금만큼은 우리가 대야 도리요. 형수님한테 미리미리 갖다 드리시오. 허나 형님한테는 한 푼도 줄 필요 없소. 재산을 탕진한 만큼 고생을 해야 하니까."

남편이 면회 때 한 말이었다. 하지만 김 씨는 큰 시아주버니한테 벌써 여러 차례 돈을 주었다. 어쨌거나 어려운 시아주버니였고, 바라는 돈도 그리 큰돈이 아니었던 것이다.

"저희도 옥바라지허느라 넉넉지 않으니 1원만 허시제라."

김 씨는 부조금으로 쓸 돈이 아님을 알고 반으로 깎았다.

"이, 잘 쓰겠소. 고마우요."

김 씨가 방바닥에 밀어 놓은 돈을 정재규는 얼른 집어 들며 일어섰다.

찬바람 속을 헤치는 정재규의 걸음걸이는 아까와는 딴판으로 기운이 넘치고 있었다.

고서완은 신작로 가까이에서 담당 형사에게 붙들렸다.

"어디 행차셔? 날도 찬디."

형사가 고서완의 앞을 가로막으며 기분 나쁘게 웃었다.

"한성 좀 가는 거요."

고서완의 무표정한 대꾸였다.

"한성은 또 뭣이여, 경성이제."

형사는 트집을 잡으며, "집 떠날 적에는 미리 신고허고 허락받으란 지시 까먹었어? 누구 맘대로 경성까지 가!" 하며 고서완을 사납게 노려보았다.

"오래 있을 것도 아니고 하루 만에 내려올 거요."

고서완은 형사의 눈길을 피해 먼 데를 바라보며 대꾸했다.

"잔소리 말어! 하루 아니라 한나절이라도 지시대로 혀야제. 경성 가는 용무가 뭐여?"

"책 구하러 갑니다."

사실대로 말을 했다가는 그물에 걸려들 게 뻔해 고서완은 슬쩍 눙치고 들었다.

"무슨 책인디? 또 공산주의 퍼뜨릴라는 책이겄제?"

"아니오. 반년 동안 집에 갇혀 책만 읽다 보니 더 읽을 책이 없소."

"헹, 말이야 그럴듯허시. 본시 공산주의 허는 인종들은 말을 아귀가 딱딱 맞게 잘허제. 여기서 말혀서 될 일이 아니니 따라와!"

형사는 옆에 세워 둔 자전거 뒷바퀴의 받침대를 거칠게 걷어

찼다.

고서완은 맥이 빠져 가늘게 한숨을 쉬었다.

정도규와 함께 재판을 받은 고서완은 3년형을 받았다. 정도규보다 6개월이 짧았다. 반년 전에 출감하기는 했지만, 고서완은 감옥살이나 마찬가지인 생활을 하고 있었다. 전담 형사가 붙었고, 동네를 벗어날 때는 미리 보고하고 허락을 받으라는 연금령이 떨어졌던 것이다.

고서완이 경찰서에서 이틀 동안 조사를 받고 있는 사이에 정도규는 아내와 함께 집으로 돌아왔다. 그런데 몇 시간도 지나지 않아 총을 든 경찰 둘과 사복을 입은 형사 하나가 집으로 찾아들었다.

"나 전 형사여. 내가 자네 담당이로구만. 앞으로 동네를 뜨려면 미리 나헌티 허락을 얻어야 혀. 이 명령을 어기면 또 콩밥 신세여. 그리고 자네가 놀아나던 그 공산주읜가 귀신단진가는 깨끗이 잊는 것이 좋아. 만주까지 일본이 먹은 판에 독립이 되겄어? 개꿈 꾸지 말고 편히 사는 것이 제일이여. 잘 생각혀 보드라고."

전가라는 형사는 협박에 회유까지 곁들였다.

정도규는 그때서야 왜 고서완이 서울에 올라오지 못했는지 알았다.

열흘이 지나도록 고서완은 찾아오지 않았다. 그런데 전 형사가 또 찾아들었다.

"이따가 경찰서로 나와!"

전 형사가 느닷없이 내쏜 말이었다.

"왜 오라는 거요?"

정도규가 상대를 마주 쏘아보았다.

"점심때 지나서 두세 시까지 사찰과로 나와. 호출 명령잉게."

전 형사는 삐딱하게 쓴 도리우치라는 모자를 고쳐 쓰며 돌아섰다.

'호출 명령⋯⋯?'

정도규는 무슨 일일지 생각해 보았다. 먼저 짚이는 것이 진봉면의 다목농장 소작인들이 일으키고 있는 소작쟁의였다. 800여 명의 소작인들이 쟁의를 탄압한 주재소를 포위하고 맹렬한 시위를 며칠째 벌이고 있었다. 다목농장은 인심 사납고 소작료가 높기로 소문나 있었다. 그 농장 소작인들이 쟁의를 일으키는 것은 당연한 일이었다. 그 쟁의에 자신이 연관되었는지를 캐려는 게 아닐까 싶었다. 그다음에 짚이는 생각은, 다른 어떤 사건과 관련되어 있다고 의심하는 게 아닐까 하는 것이었다.

그런데 미리 시간을 정해 놓고 경찰서로 나오라고 한 점이 좀 이상했다. 만약 자신이 그런 의심을 받고 있다면 형사가 바로 끌어갔지 그렇게 앞뒤를 가릴 리 없었다.

'그러면 왜 경찰서로 나오라는 것일까……?'

정도규는 머리가 혼란스럽기만 했다.

정도규는 어쩔 수 없이 오후 2시가 넘어 집을 나섰다. 잿빛 들녘에는 추위가 가득 차 있었다. 빈 들녘을 둘러보며 걷던 정도규의 눈길이 한곳에 머물렀다. 사람들이 떼지어 어딘가로 가고 있었다. 먼발치였지만 삼사백 명은 되어 보였다. 쟁의를 일으킨 소작인들이 지주네 집으로 몰려가고 있는 게 틀림없었다.

'그래, 싸워야 한다. 노동쟁의든 소작쟁의든 끝없이 일으켜야 한다. 그건 단순히 생존 투쟁만이 아니다. 투쟁을 하면서 의식이 깨어나고, 그것은 독립 투쟁으로 발전한다.'

정도규는 간절한 마음으로 그들에게 응원을 보냈다.

지난 10여 년 동안 총독부는 전국에서 일어나는 노동쟁의와 소작쟁의에 골머리를 앓아 왔다. 노동쟁의와 소작쟁의는 사회주의자들의 활동과 함께 해마다 늘어 왔던 것이다. 총독부가 치안유지법을 강화시켜 사회주의자들을 뿌리 뽑으려고 눈에 불을 켜는 것도 어쩌면 당연한 일이었다.

"아 정도규 상, 그동안 고생 많았소. 자, 앉읍시다."

일본인치고는 키도 크고 잘생긴 편인 경찰서장이 악수까지 청하며 한 말이었다.

정도규는 무표정하게 손을 내밀었다가 거둬들이고 의자에 앉왔다.

"정 상, 기분이 어떻소? 우리가 행동을 통제하니까 기분 나쁘지 않소?"

경찰서장은 놀리는 듯한 묘한 웃음을 날렸다.

"글쎄요……."

정도규도 경멸하는 것 같은 쓴웃음을 날렸다.

"너무 기분 나빠하진 마시오. 감시하는 게 아니라 보호하는 거니까."

경찰서장은 흐흐거리며 웃었다.

"……."

정도규는 '보호'라는 말의 엉뚱한 쓰임새에 정말 코웃음이 나오려 했다.

"정 상은 우리 대일본 제국이 작년 11월 말에 만주를 완전히 장악했다는 걸 알고 있소?"

"예."

"빠르군. 어디서 알았소?"

"형무소에서 광고했으니까요."

"아, 그건 광고할 만한 경사지. 정 상이 요새 무슨 생각을 하고 있는지 내가 한번 알아맞혀 볼까요?"

"……."

"적색노동조합과 적색농민조합을 조직하려 하고 있지요?"

"참, 눈치도 빠르시군요."

정도규는 경찰서장을 똑바로 바라보며 헛웃음을 흘렸다.

"출감하는 공산주의자들이 그런 지시를 받고 있다는 걸 알고 있소. 허나 그건 다 몽상이오. 공산주의자들이 적색조합 운동을 시작한 게 작년 초부터요. 그게 함경도에서 시작되어 평안도와 경기도 그리고 경성으로 퍼지고 있는데 우리 경찰이 다 찾아내고 있소. 앞으로도 적색노조는 몰래 조직되겠지. 허나 오래 못 가. 우리 경찰이 몇 만 명이든 몇 십만 명이든 공산주의자들을 완전히 박멸할 테니까. 자네도 오랏줄에 목 매달리기 전에 꿈 깨는 게 좋아. 일본은 지지 않는 해야. 일본이 만주에서 끝날 것 같나? 조선의 독립은 망상이야. 일본과 협조하면서 편히 사는 길을 택하는 게 좋아. 자네 학벌 좋겠다, 인물 잘났겠다, 마음만 바꾸면 내가 얼마든지 장래를 보장할 수 있어. 은행을 원하면 자리를 마련해 줄 수 있고, 사업을 하겠다면 얼마든지 지원해 줄 수 있지. 내 말 우습게 듣지 말고 잘 생각해 봐. 내 손으로 자넬 잡아넣고 싶지는 않아. 허나 내 손에 잡혀도 나쁠 건 없지. 자네 같은 거물을 잡아들이면 나한테 보탬이 되니까. 어떤가, 내 말이."

경찰서장은 반말로 바꾸어 말을 끝내고는 몸을 뒤로 젖히며 정도규를 깔아 보았다.

"……."

정도규는 미동도 하지 않았다.

"좋소, 지금 당장 대답하기 어려우면 돌아가서 생각해 보고 언제든 연락하시오."

경찰서장은 다시 높임말을 썼다.

"그럼 가도 됩니까?"

정도규가 눈길을 들었다.

"가서 잘 생각해 보시오."

정도규는 일어섰다. 그리고 뚜벅뚜벅 걸어 사무실을 나갔다.

'저놈이 인사도 안 하고 가네. 안 될 놈이로군. 조선 놈으로 독립운동을 하겠다는 건 장하다만 우리의 장애물이니 처치해야지. 어디 걸려들기만 해 봐라.'

경찰서장은 정도규가 사라진 문 쪽으로 담배 연기를 푸욱 내뿜었다.

40

사랑의 여울

"어이 가원이!"

강의실에서 나오던 송가원은 뜻밖의 조선말에 고개를 후딱 왼쪽으로 돌렸다. 의학부 복도에서 조선말로 자신의 이름을 부를 사람이 없었던 것이다.

"아니, 자네가 웬일이야?"

민동환이 바쁜 걸음으로 다가섰다.

"굉장한 일이 터졌네. 상해에서 일본 고급군관과 고급 관료 십여 명을 폭살시켰네. 왜놈들이 상해사변 승리 기념식을 홍구공원에서 벌이는데, 윤봉길이란 청년이 폭탄을 던진 걸세."

건물 밖으로 나온 민동환이 쏟아 놓은 말이었다.

"아, 통쾌하군! 왜놈들, 만주사변 일으킨 보복을 톡톡히 당한 셈이군."

"그렇지. 중국 사람이 해야 할 일을 우리 조선 사람이 해치운 거지. 축하주를 코가 비틀어지게 마시세."

"축하주, 마셔야지. 헌데, 폭탄을 던졌다면 의열단인가?"

"그건 모르겠네, 신문에 안 났으니까."

"그 윤봉길이란 사람은 어찌 됐고?"

"현장에서 잡혔다네."

"그렇겠지……."

송가원의 얼굴이 침울해졌다.

"괴로워할 것 없네. 조선의 남아로서 그 장한 일을 하고 죽는 건데……."

이렇게 말하는 민동환의 목소리에도 그늘이 서렸다.

윤봉길이 행사장의 단상을 향해 폭탄을 던진 것은 1932년 4월 29일이었다. 그 거사는 이봉창에 이어 한인애국단에서 두 번째로 일으킨 것이었다.

"한잔하러 가세."

민동환이 걸음을 떼며 말했다.

"그러세. 죽도 밥도 아닌 우리가 이런 때 안 마시면 언제 마시겠나?"

다른 때 같았으면 사양했겠지만 송가원은 그냥 따라나섰다.

송가원은 민동환에게 마냥 술을 얻어 마시기만 해서 면목이 없었다. 민동환과는 시위 때 병원에 데려다준 인연으로 가까워졌다. 민동환네는 경기평야에 만석꾼 농토를 가진 토박이 서울 부자였다. 옥비가 소리를 하는 비싼 술집에 가게 된 것도 민동환 덕이었다.

공허 스님과 헤어지고 나서 달포쯤 지났을까? 뜻밖에도 옥비한테서 만나자는 연락이 왔다. 옥비는 점심을 푸짐하게 사 주고는 돈 봉투까지 내밀었다.

"공허 스님 심부름이구만요."

이 말 앞에서 끝내 돈을 물리칠 수가 없었다. 몇 번 망설이다가 거처가 어디인지를 물어보았다.

"낙원동 상춘관에서 밤에 소리를 허고 있구만이라우."

"저어, 소리 들으러 가도 됩니까?"

옥비는 부끄러운 듯 잔잔하게 웃기만 했다.

그런데 헤어져 돌아가는 옥비의 뒷모습을 보고는 가슴이 와르르 무너져 내렸다. 옥비는 댕기 머리가 아닌 낭자머리를 하고 있었다. 그때까지 뒷모습을 보지 못해 으레 댕기 머리일 것이라고 생각했던 것이다.

달포쯤 지나 옥비한테서 또 연락이 왔다. 옥비는 전처럼 또 점

심을 사 주고 돈 봉투를 내밀었다. 아무래도 느낌이 이상해 더는 돈을 안 받으려 했다.

"틀림없이 공허 스님 심부름이구만요. 맘 쓰시지 말고 받으씨요."

옥비는 정색을 하고 말했다.

그 뒤로도 옥비는 꼭 달포 간격으로 연락을 해왔다. 옥비가 주는 돈은 책을 사는 데 유용하게 썼다. 네 번째 만났을 때 남편에 대해 물어보았다.

"저, 부군도 소리하는 분입니까?"

"아, 아니구만요. 지는 혼인헌 적 없구만요."

당황한 옥비는 말을 더듬더니 얼굴이 새빨개지고 눈물까지 핑 돌았다. 그러고는 쫓기듯 자리를 떴다.

그때부터 궁금증이 일었다. 혼인하지 않은 여자가 왜 낭자머리를 했을까? 그리고 왜 당황하며 눈물을 글썽였을까?

어느 날 민동환을 만나 상춘관에 대해 물어보았다.

"상춘관? 기생이 있는 최고급 술집이지. 헌데 왜 그러나?"

"실은 아는 고향 여자가 거기서 소리를 하는데 술값이 비싸서 어디 소리 들어 보겠나."

"이 사람아, 상춘관에 있는 소리꾼이라면 틀림없이 최고니까 술값 아까울 것 없네. 오늘 당장 가세."

민동환에게 끌리다시피 상춘관을 찾아갔다.

"오셨구만요……, 오셨구만요……."

옥비는 뜻밖에도 무척 반가워했다.

화사하게 차린 옥비의 모습은 평소보다 더 곱고 우아했다. 그런데 소리하는 모습을 보고는 그만 얼이 빠질 지경이 되고 말았다.

"그려, 옥비는 시집 못 가고 낭자머리 올린 팔자여. 그러니 그 가슴에 맺힌 한이 얼마나 크겠냐?"

반년 만에 만난 공허 스님한테 들은 옥비의 사연이었다. 옥비가 눈물을 글썽인 까닭을 비로소 알게 되었다.

"돈은 아무 말 말고 받아라. 독립운동가 돕는 독립기생도 있는 판에 소리꾼이 독립지사 아들 용돈 좀 못 대겠냐? 니가 다음에 좋은 일 허는 것으로 갚으면 돼야."

공허 스님의 말이었다.

옥비는 달포 간격으로 꼬박꼬박 연락해 왔고 봉투에 든 액수는 조금씩 불어났다.

"이보게, 요새 식자층 사이에 퍼지고 있는 말 들어 봤나?"

길을 건너며 민동환이 물었다.

"무슨 말인데?"

송가원은 빠르게 앞을 스쳐 가는 인력거를 피하며 가방을 바꿔 들었다.

"앞으로 200년은 독립할 가망 없다는 말 말이네."

"뭐라고? 앞으로 200년? 도대체 어떤 작자들이 그따위 소릴 지껄이는 거야!"

송가원의 목소리가 뜨거웠다.

"거 왜 있잖나, 탁상공론 좋아하고 말 만들어 내기 잘하는 문필가니 뭐니 하는 사람들."

"그런 한심한 인간들이 있나. 헌데, 왜 갑자기 그런 소릴 지껄여 대는 거야?"

"갑자기가 아니야. 다 나름대로 근거가 있는 거지. 만주까지 왜 놈들 손에 들어갔으니 이제 조선 독립은 가망 없다는 걸세."

"이런 빌어먹을! 헌데, 왜 하필 200년인가?"

"인도가 그렇대나 어떻대나."

"인도? 좀 배웠다고 잘도 꿰맞추는군."

200년……, 생각만으로도 송가원은 숨이 막혔다.

두 사람은 상춘관에 들어가 자리를 잡았다. 옥비는 아직 나오지 않은 시각이었다.

"자, 술 드세."

민동환이가 잔을 들었고, 둘이는 잔을 부딪쳤다.

"이제 졸업인데 뭘 하려나?"

술잔을 민동환에게 건네며 송가원이 물었다.

"몰라, 자네처럼 의사로 딱 정해졌으면 좋겠는데 이놈의 영문학은 죽도 밥도 아니니 원. 잡지나 하면 어떨지."

"잡지……, 그것도 괜찮지."

송가원이 술잔을 비워 민동환에게 넘겼다.

"자넨 졸업하면 서울에서 개업하려나?"

"나야말로 모르겠네."

"서울에서 하게. 내가 도울 테니까."

민동환은 여동생을 생각하며 한 말이었다.

"고맙네, 고마워."

송가원은 말을 막듯이 빈 잔을 민동환에게 내밀었다.

송가원은 박정애를 생각하고 있었다. 박정애는 벌써부터 서울에서 개업하기를 은근히 종용하고 있었다. 그 뒤에는 여동생 미애가 있었다.

방문을 두들기는 소리가 들리고 옥비가 들어섰다.

"오셨구만요……."

옥비는 송가원에게 나부시 인사했다. 반가움에 얼굴이 붉게 물들고 있었다.

"잘 있었소?"

송가원이 옥비를 올려다보았다. 눈길이 마주치자 옥비는 당황스레 눈길을 떨구었다.

"옥비 명창, 나도 왔소."

민동환이 짓궂게 두 사람 사이를 헤집고 들었다.

"예에……."

옥비가 예를 갖추었다.

옥비는 송가원의 옆에 살포시 앉았다. 송가원은 몸에 찌르르 전기가 통하는 것 같았다.

옥비도 가슴이 화끈 뜨거워지는 것 같았다.

'내가 이래서는 안 되는데. 감히…….'

옥비는 자신의 가슴에 찬물을 끼얹었다.

"이따 뵙겠구만요."

옥비는 뒷걸음질로 방을 나갔다.

"자네 형님은 글 쓰시나?"

민동환이 물었다.

"응, 몸이 많이 좋아져서 뭘 쓰긴 쓰는 눈치더군."

송가원이 덤덤하게 대꾸했다.

"내가 잡지를 하게 되면, 자네 형님을 모셔서 도움을 받는 게 어떨까?"

민동환은 그동안 마음에만 두고 있던 말을 꺼냈다.

"전에 잡지사에서 일한 경험이 있긴 하지. 그런데 잡지가 되긴 하겠나? 두세 번 내고는 문 닫는 잡지사들이 수두룩한데."

"그야 적은 자본으로 시작하니까 그렇지. 난 이래 봬도 만석꾼 재산 상속자일세. 해마다 만 석씩 투자하면 농토는 그대로 있고 잡지는 평생 해 나갈 수 있지 않겠나?"

민동환은 사뭇 진지했다.

"주먹구구로는 그 말이 맞는데, 잡지사 경영은 아는 게 없으니 뭐라고 할 수가 없군."

"경영은 경영이고, 잡지를 내는 건 어떻게 생각하나?"

"내용만 좋다면 내는 게 좋지. 검열을 당하더라도 잡지가 할 수 있는 일은 있으니까."

"그래, 왜놈들 몰아내자, 독립운동하자, 라는 소리를 쓰지는 못해도 글이란 묘한 거니까. 만석꾼 재산 보람 있게 써 볼 테니까 형님한테 잘 권해 주기나 하게."

민동환은 아주 결정을 내리고 있었다.

"두고 보세. 아아, 취하는군."

송가원은 두 팔을 쭉 뻗어 올렸다.

두 사람은 자정이 넘도록 술을 마시고는 몸을 가누지 못하도록 만취했다.

"우리는 뭐야, 술이나 퍼마시는 우리는 뭐야. 빌어먹을, 우리는 뭐냐니까……"

눈이 개개풀린 송가원은 자꾸 이 말을 되풀이했다.

밤 1시가 다 되어 그들은 술자리에서 일어났다. 송가원도 민동환도 곧 넘어질 것처럼 비틀거리고 휘청거렸다. 그러면서도 송가원은 가방을 찾아 들었다.

옥비가 다가와 비틀거리는 송가원을 부축했다.

"으음, 누구여? 아, 옥비 명창…… 괜찮소, 나 안 취했소, 나……."

송가원은 잡힌 팔을 빼려 했다.

"안 괜찮으시구만요. 너무 많이 취허셨는디요."

옥비는 송가원의 팔을 더 꼭 붙들었다. 그 순간, 송가원이 가방을 떨어뜨리며 옥비를 와락 끌어안았다. 옥비는 정신이 하나도 없었다.

술 취한 송가원의 품을 벗어난 옥비는 마구 달아났다. 남들 눈을 피해야 했다.

혼자 비틀거리며 긴 마루를 걸어 나온 송가원은 위태롭게 댓돌로 내려섰다. 그때 양복 차림의 지배인이 달려와 송가원을 부축했다. 몸을 숨긴 옥비는 그 광경을 지켜보고 있었다.

'구두가 너무 헐었구나……'

옥비는 전등불 빛 아래 드러난 송가원의 낡은 구두에 눈길을 박고 있었다.

송가원은 민동환과 함께 인력거에 올랐다. 인력거가 떠나는 것까지 지켜보고 옥비는 몸을 돌렸다.

사흘이 지나 송가원은 자취방에서 뜻밖의 손님을 맞았다. 자정이 다 되어 찾아든 사람은 허탁이었다.

송가원은 허탁이 쫓기는 몸이라는 것을 직감했다.

"또 일 터졌군요?"

자리를 권하는 송가원의 목소리는 낮고 빨랐다.

"그래, 또 들통 났다."

"이번엔 무슨 일인데요?"

"음, 노동 현장에 침투해서 혁명적인 적색노조를 조직하는 건데, 인쇄 직공들을 상대로 일이 잘돼 가다가 터졌다."

"그렇게 자꾸 당하기만 해서 어쩌지요?"

송가원이 한숨을 쉬었다.

"괜찮아. 싸움이란 서로 잡고 잡히고 하는 거니까."

허탁은 여유 만만하게 웃었다.

"그건 그렇고, 나 곧 떠야겠는데 부탁 하나 해도 될까?"

"예, 말씀하세요."

"아침 일찍 박정애를 만나서 정릉으로 좀 오라고 해 주게나."

"정릉이요?"

"그렇게만 말하면 알아. 전화로 하지 말고 꼭 만나서 말해야 하네."

"예, 알겠어요."

"나 가네."

허탁이 벌떡 몸을 일으켰다. 송가원은 급히 따라 나갔다.

허탁은 곧 어둠 속으로 자취를 감추었다. 송가원은 허탁이 사라진 쪽의 짙은 어둠을 바라보고 있었다.

'얼마나 많은 허탁이 이 어두운 밤에 쫓기고 있는가…… 나라를 찾으려는 저 외로운 발길…… 없어진 나라는 밤에도 이렇게 맥박 치고 있는 것이 아닌가.'

송가원의 뇌리에 불현듯 아버지가 떠올랐다.

'아버지도 이 밤에 만주 벌판 어디서 쫓기는 것은 아닐까…….'

송가원은 수업을 제쳐 놓고 9시에 종각 옆 카페로 나갔다. 박정애는 아직 와 있지 않았다. 유성기에서 알 수 없는 일본 노래가 흘러나오고 있었다. 송가원은 그 노래가 몹시 거슬렸다.

'주인이 왜놈인가……. 조선 놈이 왜놈 노래에 더 환장하기도 하니까…….'

노래 생각을 하다 보니 옥비가 떠올랐다. 그날 밤 어떻게 집까지 왔는지 전혀 기억이 없었다. 그런데 무언가 실수를 한 것 같은 느낌이 께름칙하게 남아 있었다.

곧 박정애가 나타났다. 그 뒤에 동생 미애를 달고 있었다.

"어머, 오래 기다렸어요?"

박정애는 언제나처럼 밝고 활달했다.

"아닙니다…….

"학교 가는 길이라 함께 나왔어요."

박정애가 동생을 가리키며 말했다.

"아 예, 안녕하셨어요?"

송가원은 좀 어색하게 박미애에게 인사했다.

"웬일이에요? 아침 일찍 만나자고 전화를 다 걸고."

커피를 시키고 나서 박정애가 먼저 입을 열었다.

"저……, 그게 그러니까……."

송가원은 난처한 얼굴로 어물거렸다.

"이 자리선 말하기 곤란한 문젠가요?"

박정애가 눈치 빠르게 반응했다.

"거봐, 난 불청객이지."

박미애가 탁자 위에 놓아둔 책을 와락 끌어안으며 일어나려했다.

"아니 그, 허 선배님……."

송가원이 어물거렸다. 허 선배라는 말에 박정애도 금세 긴장했다.

"알았어요, 조금 있다가 말하도록 해요."

박정애가 송가원에게 눈짓하고는, "넌 아침 일찍 사람들 없는 카페에서 모닝커피를 나누는 게 얼마나 로맨틱한 건데 불청객이니 뭐니 따지고 그러니? 기분 좋게 커피 마시고 학교에 가." 하며 동생의 등을 다독거렸다.

"치, 난 가사과에서 요리나 재봉틀 기술 같은 것만 배워서 그런지 로맨틱한 기분은 잘 몰라."

박미애는 토라진 기분을 감추지 않았다. 언니를 따라와 경성제국대학 의대생 송가원을 만날 기대에 부풀었는데, 나와서 보니 자신은 완전히 귀찮은 존재였던 것이다.

박미애는 커피를 반쯤 마시고 일어섰다.

"또 뵙겠습니다."

송가원이 일어나며 인사했다.

"네에……"

반기는 웃음과 함께 박미애의 얼굴이 붉어졌다.

"뭐가 어떻게 됐지요?"

박정애는 동생이 문을 나가기도 전에 물었다.

"예, 쫓기고 있습니다. 어젯밤 늦게 찾아와서 정릉으로 와 달라고 전하라더군요."

"예, 커피 빨리 마시고 나가요."

송가원은 반쯤 남은 커피를 한 모금에 마시고 일어섰다.

"또 만나요."

카페를 나선 박정애는 이 한마디를 남기고 총총히 사라졌다.

이틀 뒤에 송가원은 옥비의 연락을 받았다. 달포가 되려면 아직 멀었는데 이상하다 싶었다.

"그날 밤 내가 무슨 실수를 하지 않았나 모르겠습니다. 술에 너무 취해 통 기억이 없는데, 술을 깨고 나니 무슨 실수를 한 것같이 마음이 영 찜찜합니다."

송가원은 옥비를 만나자마자 이 말부터 털어놓았다.

"아무 실수도 안 허셨구만요."

옥비는 담담하게 대꾸했다. 그러나 그날 밤의 포옹이 되살아나 가슴이 두근거렸다.

"무슨 일 있습니까? 혹시 스님이……."

"아니구만요. 구두를 맞추러 가시자고……. 그날 밤에 보니 너무 헐어서……."

"아닙니다. 물 새고 가죽 터질라면 아직 멀었어요."

"곧 그리되겄든디요. 가시제라."

"아니, 괜찮아요. 물 새기 전에 밑창 갈고, 가죽 터지면 꿰매고 해서 앞으로 5년은 더 신을 수 있어요."

"그리 궁상스러워서 되간디요. 가시제라."

"정말 괜찮아요. 어렵게 버는 돈 헤프게 쓰지 말아요."

두 사람은 팽팽하게 맞섰다.

"농사짓고 노동허는 것에 비허면 열 곱은 쉽게 버는 돈이구만요. 천헌 돈이라고 피허시능게라?"

옥비는 억지소리를 해서라도 그를 꺾으려 들었다.

"아, 그게 아니고요……."

"안 가시면 앞으로 얼굴 안 보겠다는 뜻으로 알겠구만요."

"하, 이거 참……."

송가원은 지고 말았다.

옥비와 송가원은 나란히 걸어 종로로 나갔다. 옥비는 송가원과 함께 종로통을 걷는 것이 황홀할 만큼 기분 좋았다. 둘은 화신상회 가까이에 있는 큰 양화점으로 들어갔다.

그런데 송가원과 옥비의 뒤를 따르는 여자가 있었다. 학교에서 관철동 집으로 돌아오던 박미애가 그들을 발견한 것이었다. 박미애는 그들이 양화점으로 들어가는 것을 보고 발길을 돌렸다. 박미애의 얼굴은 하얗게 굳어 있었다.

41

집단최면

"자, 지난 시간에 배운 걸 다 외워 오라고 숙제 냈지요? 지금부터 누가 잘 외우는지 조사하겠어요. 대일본 제국이 조선 사람들을 개명시키고 편히 살게 해 주려고 어떤 시설을 했는지 외울 수 있는 사람!"

젊은 여선생은 막대기로 교탁을 탕 치며 왼쪽 팔을 반쯤 들어 올렸다.

"저요, 저요!"

50명쯤 되는 아이들 가운데 열댓 명의 아이가 팔을 올렸다 선생은 일본 여자였고 학생은 조선 아이들이었다.

"저기, 김경일!"

여선생이 막대기 끝으로 가리켰다.

뒤쪽에서 한 아이가 벌떡 일어섰다. 혈색이 좋고 입성도 깨끗한 그 아이는 한눈에 행세깨나 하는 집안의 자식으로 보였다.

"대일본 제국은 조선 사람들을 개명시키고 편히 살게 해 주기 위해 철도를 놓아 주었고, 에…… 전등을 가설해 주었고, 음…… 서당을 많이 지어……아니, 서당을 없애고 저어……."

아이들이 킥킥, 쿡쿡 웃었다.

"됐어, 그만해. 김경일, 좀 더 열심히 하도록. 다음 누구?"

여선생은 막대기로 교탁을 탕 치며 아이들을 둘러보았다.

어찌 된 일인지 손을 든 아이들은 열 명 남짓으로 줄어 있었다.

"너, 박용화 해 봐."

한 아이가 발딱 일어섰다. 그 아이는 몸집이 작고 말랐으며, 가무잡잡한 얼굴에 입성도 구지레했다. 집안의 궁한 형편이 숨김없이 드러나 있었다. 그런데 아이의 눈은 초롱초롱했고, 어딘가 다부져 보였다.

"옛, 대일본 제국은 조선 사람들을 개명시키고 편히 살게 해 주기 위해 방방곡곡에 철도를 놓아 천리길을 하루에 다니게 해 주었고, 사방팔방으로 신작로를 닦아 우마차 대신 자동차가 다니게 해 주었고, 도시마다 전등을 가설해 어두운 등잔불 대신 대낮같이 밝게 살게 해 주었고, 구식 서당을 없애고 신식 학교를 많이 지어 누구나 신식 공부를 할 수 있게 해 주었고, 우체국 시설을 갖춰 어느 곳에서나 편지와 전보를 주고받을 수 있게 해 주었고, 공장을 많이 지어 좋은 물건을 값싸게 살 수 있게 해 주었고, 그 밖에도 대일본 제국이 조선 사람을 위해 해 주신 일은 너무나 많아 일일이 다 셀 수가 없습니다. 그런 일들은 조선 사람의 힘으로는 100년이 걸려도 할 수가 없는데, 대일본 제국과 천황 폐하께서 베풀어 주신 은총으로 모든 조선 사람들이 행복을 누리게 되었습니다."

아이는 또랑또랑한 목소리로 막힘없이 줄줄 외웠다.

"박용화, 아주 잘했어요. 다 같이 박용화에게 박수!"

여선생은 흡족하게 웃으며 박수를 쳤다. 아이들도 선생을 따라 박수를 쳤다. 박용화는 부끄러운 척했지만 그 가무잡잡한 얼굴에는 자랑스러움이 가득했다.

"자, 모두 박용화처럼 잘 외워야 당당한 황국신민이 되고 100점도 맞을 수 있어요."

소학교 4학년 수신 시간이었다. 열 명 남짓한 아이들이 똑같은 내용을 외웠지만 누구도 박용화만큼 막힘없이 잘하지는 못했다.

딸랑딸랑 종이 울리고 시간이 끝났다. 여선생이 나가고 조금 있다가 아이들은 환호성을 질렀다.

"아이고메, 인제 살았다!"

"아이고 징헌 놈의 수신 시간."

아이들은 비로소 조선말을 하며 키들거리는 여유를 찾았다.

"야 용화야, 니는 어찌 그리 달달 잘도 외우냐?"

박용화를 에워싼 대여섯 명의 아이들 가운데 하나가 물었다.

"요 새끼는 외우는 데는 선수 아니여?"

"우리는 돌대가리고, 요 자식 대가리는 금대가리랑께."

"아이고 이놈들아, 나 갑갑해 죽겠다."

박용화는 소리치며 두 팔을 휘저었다.

박용화는 혼자 집으로 돌아가며 몹시 배가 고팠다. 점심을 굶어서 이맘때면 언제나 배가 고팠다. 박용화는 형에게 슬쩍 들러볼까 생각했다. 그러나 형은 식구들이 직장에 찾아오는 것을 영싫어했다. 동화 형은 나이 차이가 많이 나서 그런지 아버지만큼 무서웠다. 그리고 오늘 수신 시간에 숙제를 잘 외운 것도 자랑할 수 없었다. 형은 이상하게 일본 사람들을 아주 싫어했다. 독립운동가도 아니면서 왜 그러는지 알 수가 없었다.

박용화는 밑져야 본전이라고 생각하고 형에게 들러 보기로 했다. 형에게 돈을 못 얻더라도 형이 일하는 사무실을 드나드는 것은 은근히 기분 좋은 일이었다. 형은 책상에 앉아 일하는 어엿한 사무원이라서 자랑스러웠다. 아버지는 새로 생긴 고무신 공장에 잘 다니다가 2년 전에 쫓겨났다. 회사에서 임금을 깎자 직공들이 들고일어나 쟁의라는 것을 일으켰다. 300여 명이 사흘 동안 일을 안 하고 시위를 하자 경찰들이 총을 들고 나섰다. 50여 명이 붙들려 가고 나서야 공장은 다시 돌아갔다. 그런데 아버지도 주동자로 그 50여 명 속에 들어 있었다. 아버지는 닷새 만에 경찰서에서 풀려났는데 더는 공장에 다니지 못했다. 깎인 임금도 올라가지 않았다고 했다. 그때 아버지는 왜 저렇게 미련할까 하고 생각했다. 아버지는 딴 공장에 자리를 구한다고 나다녔지만 한 달을 그냥 보내고 결국 부두에서 막노동을 하게 되었다. 아버지는 목화 짐을 배로 나르는 일을 했다. 눈치를 보니 그것도 형이 구해 준 자리 같았다. 왜냐하면 형이 다니는 사무실이 바로 목화 모아들이는 곳이었다.

형도 미련하기로 치자면 아버지보다 더했다. 형은 주판 잘 놓고 암산 잘하기로 소문나 있었다. 은행원들도 형을 못 당한다고 했다. 형은 근사한 양복을 입는 은행원이 될 수 있었다. 그런데 아버지처럼 시위 주동자가 되어 퇴학을 당하고는 볼품없는 회사에 들어간 것이었다.

박용화는 형네 사무실 문을 슬그머니 옆으로 밀었다. 문틈으로 보니 네댓 사람이 사무를 보고 있었고, 형은 어떤 사람하고 이야기를 하고 있었다.

"음마, 니 왔냐? 들어오너라."

문이 확 열리면서 들려온 여자 목소리였다.

박용화는 화들짝 놀라 뒤를 돌아보았다. 형을 최고로 손꼽는 급사 순심이었다.

"박 서기님, 동생 왔구만요."

순심이가 큰 소리로 말했다. 사무실 사람들의 눈길이 다 자기에게 쏠리는 바람에 박용화는 얼굴이 화끈했다.

"뭐허러 또 왔냐? 싸게 집에나 가거라!"

박동화가 얼굴을 찌푸리며 소리쳤다.

박용화는 아따 뜨거라 싶어 후딱 돌아섰다.

기분을 잡친 박용화는 더 배고픔을 느끼며 집으로 터덕터덕 걸었다.

상공회의소 직원과 이야기를 끝낸 박동화는 마음이 께름칙해서 창밖을 내다보았다. 동생에게 너무 면박을 준 것 같아 미안하고 안쓰러웠다. 상공회의소 직원의 설레발에 짜증이 나 있던 판에 동생이 괜히 덤터기를 쓴 것이었다.

총독부는 일본에 필요한 면화 10억 근을 모두 조선에서 생산하기 위해 지난 9월 면화장려계획을 세웠다. 이른바 남면북양 정책이었다. 남쪽에서는 면화를 생산하고, 북쪽에서는 양을 사육한다(1가구에 다섯 마리)는 것이었다. 일본의 기후에는 면화 재배와 양 사육이 적당치 않아 생긴 정책이었다. 면화는 무덥고 찌는 기후에서 잘되는 까닭에 그동안에도 전라남도 지방에서는 거의

강제로 심게 했다. 그런데 내년부터 10억 근을 생산해야 한다니 이만저만 큰일이 아니었다. 그 목표를 이루기 위해 관계 기관에서는 벌써부터 난리를 치고 있었다. 그 일과는 별 상관도 없는 상공회의소까지 덩달아 사람을 귀찮게 했다. 상공회의소는 올 1월에 생겨 아직 한가하니까 괜히 일거리를 찾아 바람을 일으키고 다니는 것이었다.

박동화는 그 정책이 싫었다. 면화 재배는 뽕나무 심기와 마찬가지로 농민들을 괴롭힐 뿐이었다. 값을 제대로 쳐주지 않고 빼앗듯 해 버리는 면화 농사는 농민들의 피땀을 빠는 또 하나의 착취였다.

박동화는 자리에 와 앉았다.

"박 서기님, 전화 왔는디요."

여급사의 목소리가 울렸다.

박동화는 전화통이 걸려 있는 데로 천천히 걸어갔다.

"자네 동화여? 나 봉길이시."

박동화는 문득 긴장했지만 태연하게 말했다.

"이, 자넨가?"

"오늘 밤 술 한잔허능 것 워띠여?"

"잉, 좋제."

"그럼 이따 7시에 삼학도에서 만나세."

박동화는 도로 자리에 와 앉았다. 아무 내색하지 않았지만 속

마음은 팽팽히 긴장되어 있었다. 봉길이란 이름은 조직원의 가명이었고, 술집 삼학도는 비밀 접선 장소의 암호였다. 불길한 예감이 들었다. 몇 개월에 걸쳐 검거가 걷잡을 수 없이 심했던 것이다. 자신은 고정책으로 박혀서 현장 활동에 나서지는 않고 있지만 불안감은 날로 커 가고 있었다.

20리 길을 걸어 야산 자락의 외딴집에 다다르자 조직원이 기다리고 있었다.

"여기서 뜹시다. 혹시 모릉께로."

조직원이 앞장서 밖으로 나섰다.

두 사람은 야산 두 개를 거쳐 어느 집으로 들어갔다.

"광주 방직공장 조직이 들통 나 버렸소. 총책이 상해로 떠야 허게 생겼응께 배편을 찾아야 쓰겄소."

"……고것이 어렵겄는디요. 상해 뱃길이 막힌 지도 너덧 달 되았구만요. 윤봉길 거사로 왜놈들이 눈에 불을 켜고 나대는 통에 임정까지 항주로 옮기지 않았능가요? 왜놈들이 항구를 철통같이 지키면서 조선 사람만 배에서 내리면 잡아채고, 화물선까지 샅샅이 뒤지는 판이라 다들 손을 끊었구만요. 들통 나면 자기들도 크게 당헌께요."

"알 만허요. 그나저나 큰 탈이시."

조직원이 한숨을 푹 내쉬었다.

"상해로 뜰 계획 자체를 바꾸는 것이 어쩔랑가 싶구만요."

"조선 팔도는 이중 삼중으로 거미줄을 쳤고, 만주에 상해까지 저 꼴이니 어디로 가야 헐지 난감허요."

"그래도 조선 땅이 안 낫겠능가요?"

"고것이 그렇지 않으요. 일단 저놈들 수사선상에 오르면 옴치고 뛸 데가 없소. 치안유지법이 개정되고 열 달 동안 우리 동지들이 3천 명 넘게 체포되았소. 운동을 계속허자면 중국 땅으로 뜨는 길밖에 없소."

"그렇기도 허구만요."

박동화는 더 할 말이 없었다. 그는 체포된 사람이 3천 명이 넘는다는 사실을 새삼스레 되짚고 있었다.

"오늘 수고했소. 또 만납시다."

조직원이 손을 내밀었다.

"예, 미안시럽구만요."

"아니오, 힘냅시다."

박동화는 어둠 속을 걸으며 마음이 무거웠다. 적색노조와 적색농조는 계속 파괴되고 있었다. 사회주의 독립운동이 앞으로 어떻게 될지 알 수가 없었다. 목포의 공장들과 부두 노동자들 속에도 조직이 침투되고 있을 거였다. 제발 아무 탈 없이 조직이 커 가기를 빌 뿐이었다.

42

떨어진 별

칼바람 휘몰아치는 소리가 끊임없이 울렸다. 시베리아의 끝없는 설원 위에 불어 닥친 그 바람 소리는 온갖 귀신들이 한꺼번에 우는 소리 같았다. 그 바람은 영하 30도의 얼어붙은 눈벌판을 휩쓸고 있었다.

그런데 바람 소리에 이상한 소리가 섞여 들리는 것 같았다. 지삼출은 문득 긴장하며 귀를 세웠다. 집주인은 벽난로의 따스한 불기운에 취해 꾸벅꾸벅 졸고 있었고, 이광민도 아무 낌새도 차리지 못한 채 책을 들여다보고 있었다.

"어이 이 동지, 저 소리 들리는가?"

지삼출이 이광민을 불렀다.

"예? 무, 무슨 소리요?"

이광민은 어리둥절한 얼굴이었다.

"저 소리 잘 들어 보소. 말 떼가 뛰어오고 있지 안 혀?"

이광민이 창가로 다가서서 귀를 기울였다.

"맞아요, 말발굽 소립니다. 마적 떼 같은데요."

이광민의 입에서 튀어나온 말이었다.

"탈 났네. 얼른 주인 깨우소."

지삼출이 벌떡 일어났다.

"아저씨! 마적 떼 습격 같은데요."

이광민이 집주인을 흔들었다.

"어, 뭐라구? 마, 마적 떼!"

화들짝 놀라며 눈을 뜬 주인이 허둥거렸다.

말발굽 소리는 가깝고 분명하게 들려왔다.

"맞소, 마적 떼요. 어서 그 중국옷 벗고 옷들 갈아입어요."

겁에 질린 집주인이 벽에 걸린 옷을 내려 이광민에게 던지고는 허둥지둥 옷장 쪽으로 달려갔다. 중국에서 왔다는 표가 나면 꼼짝없이 마적 떼의 표적이 될 거였다.

옷을 갈아입고 중국옷을 아무렇게나 뭉쳐 감추었을 즈음, 총소리가 요란하게 울리기 시작했다.

"손 들고 벽으로 돌아서요."

　집주인이 외쳤다. 그리

고 시범을 보이듯 두 팔을 번

쩍 들어 올리고는 벽에 몸을 찰싹

붙였다. 숙달된 마적 맞이 동작이었다.

저항할 생각이 없으니 무엇이든 마음대로 가져

가라는 뜻이었다. 지삼출과 이광민도 집주인과 똑같이 벽에 다붙어 섰다.

거친 발길질과 함께 문이 벌컥 열렸다. 찬바람과 함께 눈가루가 왈칵 몰려들었다. 그리고 총을 겨눈 세 명의 마적이 뛰어들었다.

반항할 뜻이 없다는 것을 확인한 세 마적은 제각기 코를 큼큼거리며 방 안을 오락가락했다. 아편을 피웠는지 안 피웠는지 냄새를 맡는 것이었다. 그들이 노리는 것이 바로 값비싼 아편이었다. 하지만 집주인이 아편을 피우지 않으니 집 안에 냄새가 배어 있을 리 없었다.

"이 새끼들! 왜 아편도 안 피워."

마적 하나가 지삼출의 엉덩이를 냅다 걷어차고는 밖으로 나갔다.

"가난한 조선 놈들, 똥이나 먹어라!"

다른 마적이 이광민의 엉덩이를 걷어차고는 후닥닥 밖으로 내달았다.

200명쯤 되는 마적 떼는 한 시간 남짓 온 마을을 들쑤시고 나서 떠났다.

"아이고, 간이 콩알만 해졌습니다."

이광민이 문을 닫으며 한숨을 토했다.

"흐흐흐…… 그놈들 코에 바람 든 것이시."

172

지삼출이 어깨를 들썩이며 만족스럽게 웃었다.

"저런! 아편 안 피우는 내 공은 어디로 갔소?"

집주인이 장작개비를 벽난로에 넣으며 말했다.

"그야 더 말헐 것이 있간디요? 그 공 치하허게 우리 보드카 한 잔씩 헙시다."

지삼출이 의자를 벽난로 앞으로 끌며 비위 좋게 받아넘겼다.

"그럽시다. 그것 안 털렸으니 지 씨가 보드카 한 병 사는 건 싼 거요."

집주인은 지삼출보다 한술 더 떴다.

"좋소, 나가 한턱내겠소."

지삼출이 흔쾌하게 웃어넘겼다.

그들은 벽난로 가에 둘러앉아 보드카 병을 땄다.

"근디, 내가 만주에서 태어났다면 마적 때 왕초 놀이를 한바탕 해 먹었을 것인디."

지삼출이 뚜벅 내놓은 말이었다.

"예에?"

이광민이 놀라 지삼출을 보았고, 집주인은 클클 웃었다.

"어쩨 놀라고 그려? 죽은 장작림이가 마적 때 왕초 출신인 것 모르능가? 마적 떼가 우리 조선 사람들헌티는 별로 안 좋아도 중국 사람들은 높게 보기도 허고, 또 아무나 마적단에 들어가지 못

헌다고 안 혀?"

그때서야 이광민은 지삼출의 말뜻을 알아들었다. 사실 마적은 단순한 도둑 떼만은 아닌 면도 있었다. 땅 넓은 중국에는 지역마다 군벌들이 날뛰었고, 마적은 그들의 부패와 착취에 맞서 싸우기도 했다.

"내 말은 만주사변이 일어난 뒤로 왜놈들을 상대로 싸우는 마적단이 늘고 있다는 것이로구만. 마적 떼지만 얼마나 장헌 일이여."

이렇게 말하는 지삼출의 머리에는 흰머리가 더 많이 늘어나 있었다.

"예, 그건 참 장한 일이지요."

이광민은 고개를 끄덕이며 동의했다.

만주사변으로 만주가 일본군의 손아귀에 넘어가자 중국 사람들은 항일 의식을 갖기 시작했다. 중국군도 조선 독립군 부대와 연합군을 조직해 나갔다. 그런 분위기에 발맞추듯 일본군에게 총부리를 돌리는 마적단이 생겨나고 있었다.

"아까 그 마적 떼가 우리가 기다리는 것을 채 가지는 않았겠제라?"

지삼출이 걱정스러운 듯 집주인에게 물었다.

"글쎄요, 내일 당장 가 보도록 하겠소."

집주인의 얼굴도 밝지 못했다.

지삼출과 이광민은 아편 덩이를 구하려고 모피 장수로 변장해 국경을 넘어온 것이었다. 그런데 예정한 만큼 구하지 못해 나머지를 기다리고 있었다. 아까 집뒤짐을 당했더라면 이미 구해 놓은 아편 덩이를 빼앗겼을지도 모를 일이었다. 이광민은 러시아말을 할 줄 알고 지리에 익숙해 지삼출을 호위할 겸 함께 온 것이었다.

"안 되겠어요. 더 구하기 어려워요."

다음 날 집주인이 돌아와 한 말이었다.

"하, 그것 참 낭팬디."

지삼출의 얼굴이 어둡게 일그러졌다.

"미안하지만 내 힘으로는 더 어렵소."

"알겠소. 애 많이 쓰셨소."

지삼출은 곧 단념했다.

다음 날 지삼출과 이광민은 얼어붙은 아무르강을 썰매 마차로 건넜다. 2월이 저물고 있었지만 드넓은 벌판은 눈으로 하얗게 덮여 있었다.

"생각만큼 구허지 못했구만요. 거기도 인제 예전 같지 않아서……."

지삼출이 기름종이에 싼 아편 덩이를 송수익 앞에 내놓으며 면

목 없어 했다.

"추운데 애쓰셨소. 이만하면 됐소."

송수익이 지삼출의 크고 거친 손을 감싸 잡았다.

송수익은 그 아편을 방대근 편에 장춘의 주장록에게 보냈다. 장춘은 신경으로 그 이름이 바뀌어 있었다. 관동군이 그곳에 총사령부를 두고 만주국을 세우면서 '새로운 도읍지'로 정한 것이었다.

"탈 없이 전허고 왔구만요."

나흘 만에 돌아온 방대근이 송수익에게 보고했다.

"애썼네. 다른 말은 없고?"

"예, 예정대로 일을 추진허겠다고……."

"음, 가서 쉬게."

송수익은 눈을 감았다. 이회영의 모습이 선하게 떠올랐다. 그분은 이제 세상을 떠나고 없었다.

이회영은 작년 11월, 만주의 무정부주의 투쟁을 이끌기 위해 상해에서 만주로 건너오는 배를 탔다. 그러나 대련에 내리자마자 경찰에 체포되고 말았다. 상해에서 이미 밀정에게 발각이 되었던 것이다. 이회영은 고문을 못 이기고 끝내 눈을 감고 말았다. 그의 나이 66세였다. 그분은 떠났지만 그분과 함께 세운 계획은 남아 있었다. 송수익은 그 계획을 추진하고 있었다.

며칠이 지나 송수익은 방대근과 함께 장춘으로 떠났다. 중국옷에 모피 장수 차림이었다. 조선 옷을 입고 기차나 마차를 타면 조사를 심하게 받아야 했다.

장춘은 만주사변 전의 장춘이 아니었다. 이름을 신경으로 바꾸었듯 새로운 거리가 생겨나고 있었다. 넓은 만주 땅을 맘껏 쓰겠다는 듯 자동차 열 대가 오갈 수 있을 만큼 길이 넓었고, 그 넓은 길을 따라 양쪽으로 건물들이 들어서고 있었다.

그 건물들을 좌우로 거느린 듯한 육중한 건물이 하나 있었다. 그 건물의 높은 지붕은 청색 기와로 치장되어 있었고, 둘레에는 드높은 돌담이 쳐져 있었다. 그 건물은 바로 만주를 지배하고 있는 일본의 관동군 총사령부였다.

송수익은 식당으로 들어서며 주인 주장록에게 눈인사만 했다. 주장록도 다른 손님을 대하듯 목청을 높여 어서 오라는 소리를 외칠 뿐 아무 표도 내지 않았다. 송수익과 방대근은 손님들 틈에서 간단하게 저녁을 먹었다.

"뒷문을 따 놓을 테니 돌아서 오시오."

송수익이 내민 돈을 받으며 주장록이 빠르게 말했다.

송수익과 방대근은 어두워진 골목을 타고 돌았다. 뒷문이 빠끔히 열려 있었다.

"자, 저쪽 방으로 들어갑시다."

기다리고 있던 주장록이 앞장섰다. 그곳은 살림집이었다.

"그 물건은 잘 팔았소."

주장록이 자리 잡고 앉으며 말했다.

"고맙소."

송수익이 눈인사를 보냈다.

"돈부터 드리지요."

"아니오. 간수하기 어려우니 그대로 두시오. 어차피 또 들러야할 테니."

"언제 떠나시나요?"

"한 네댓새 머물러야겠소. 오늘내일 사이에 세 사람이 더 오기로 되어 있으니까요."

"예, 여기서 회합을 하기로 했군요. 숙소는 정했나요?"

"아니, 아직……."

"여관은 이제 틀렸어요. 여관마다 밀정이 다 박혀 있다고 봐야하고 검문도 심하니까요."

"밀정이……."

"우리 중국 사람 중에도 쓸개 빠진 놈이 한둘이 아닙니다. 일본놈들이 주는 돈 받아먹는 재미에 날이 갈수록 앞잡이들이 늘어나고 있어요."

"벌써 3년째니 그럴 만도 하지요. 그럼 숙소는……."

"여기서 잠깐만 기다리세요. 바쁜 일 좀 끝내고 제가 안내하지요."

송수익은 세심하게 배려해 주는 주장록이 고마웠다. 주장록은 같은 중국인 단원인 주양지의 조카였다. 주양지는 하얼빈에 가 있어서 이번 일에는 빠지게 되었다.

다음 날 점심 무렵, 세 사람이 다 도착했다는 연락이 왔다. 송수익은 손님이 없는 한밤중에 식당 2층에서 회합을 하기로 결정했다.

바람 소리만 깨어 있는 깊은 밤에 네 사람은 2층 구석방에 모여 앉았다.

"자금은 다 준비됐습니다. 거사 방법과 거사 날짜를 정할 일만 남았습니다."

송수익이 회의를 시작했다.

"거사 방법이라면 상해에서 쓴 방법이 제일 효과가 크지 않겠습니까?"

"총보다는 그게 낫겠지요."

"허나 불발을 대비해서 여분을 준비하는 게 어떨까 합니다."

"물론 그래야지요."

"대비도 대비지만 그보다 요원의 기술이 더 중요하지 않겠습니까?"

"예, 그 문제는 염려 안 하셔도 좋을 것입니다. 실패를 막기 위

해 요원을 이중으로 배치하고, 각자 폭탄을 두 개씩 지니게 할 작
정입니다."

송수익의 말이었다.

"아니, 그럼 두 사람이……?"

"예, 두 사람 다 의열단 출신이니 솜씨야 믿어도 좋을 것입니다."

"예, 그렇다면 든든합니다. 헌데, 의열단 출신을 어떻게 둘씩이
나……."

"그건 나중에 말씀드리지요."

"폭탄 확보는 어떻게 됩니까?"

"그건 여기 주장록 씨가 맡을 것입니다."

"거사일은 언제가 좋을까요?"

"앞으로 열릴 무슨 행사 없습니까?"

"그건 좀 곤란합니다. 윤봉길 사건 때문에 검문검색이 심할 텐
데요."

"예, 그것도……."

타앙!

느닷없이 총성이 울렸다.

"엉?"

"뭐야, 뭐!"

그들은 모두 튕기듯 일어났다.

타당, 탕!

바로 아래층에서 울리는 총소리였다.

"발각됐소. 피하시오!"

송수익이 절박하게 토해 냈다.

세 사람이 후닥닥 밖으로 뛰쳐나갔다. 송수익은 커튼을 제치고 의자로 작은 창문을 부쉈다. 그리고 아래로 뛰어내렸다.

"꼼짝 마라, 쏜다!"

일본말 외침과 함께 송수익은 여기저기 난타를 당하며 고꾸라졌다. 식당 전체가 포위되어 있었던 것이다.

'주장록이가!'

송수익은 머리를 땅에 부딪히며 생각했다.

"이 새끼, 일어나!"

송수익의 팔이 뒤로 꺾이고 쇠고랑이 채워졌다.

'그래, 내가 죽는 게 낫지……'

송수익은 어둠 속에 떠오르는 방대근과 이광민의 얼굴을 보고 있었다.

"가자, 빨리 걸어라!"

주먹이 송수익의 등을 갈겼다.

골목을 벗어난 송수익은 하늘을 우러러보았다. 어둠 저편 하늘에 무수한 별들이 차갑게 빛나고 있었다.

'중원아, 가원아…….'

매서운 칼바람이 송수익의 등을 떠밀었다.

43

파도, 파도, 파도

"선생님, 인사드리러 왔습니다."

지만복은 글을 쓰다 말고 고개를 들었다. 바로 앞에 김건오가
차려 자세로 서 있었다.

"응, 건오 왔구나. 이리 좀 앉아라."

지만복은 굳이 의자에 김건오를 앉혔다. 김건오에 대한 인간적
애정과 헤어지는 아쉬움 때문이었다.

"그래, 훈련은 힘들지 않더냐?"

지만복은 담배를 빼 들며 물었다.

"아니, 재미있었습니다."

김건오는 씨익 웃었다. 건강미 넘치는 그 얼굴이 앳돼 보였다.

'재미……!'

지만복은 늘 마음속에 담겨 있는 열등감과 죄의식이 또 고개를 들었다.

"그래, 가면 어디로 가는 거냐?"

"아마 신빈현 근방으로 갈 것 같습니다."

"음, 양세봉 장군이 연전연승하는 명장이니 마음 든든하다. 네가 열아홉이지? 기운만 믿지 말고 명령을 잘 따르도록 해라."

"예, 그럼 이만 가 보겠습니다."

김건오가 일어나며 거수경례를 했다.

지만복은 김건오가 운동장에서 사라질 때까지 그 당당한 뒷모습을 지켜보았다. 천수동 아저씨의 아들 상길이도, 김판술 아저씨의 아들 건오도 독립군으로 나섰는데 자신만 학교에 뒤처져 있다는 열등감이 또 소용돌이치고 있었다.

"총을 드는 것만 독립 투쟁이 아닐세. 자네가 가르친 아이들이 모두 독립 투쟁에 나선다면 그보다 더 큰 독립 투쟁이 어디 있겠는가?"

지만복은 또 송수익 선생의 말을 기둥으로 붙들 수밖에 없었다.

김건오네 신병대는 밤에만 행군해서 이틀 만에 흥경현에 머물고 있는 본대에 도착했다. 병사들은 행군 중에 물 한 방울 먹을 수 없었고, 잠시 쉴 수도 없었다. 3월 중순이라 날이 많이 풀렸다 해도 여전히 얼음이 얼어붙는 영하의 기온이었다. 그런데도 병사들은 땀을 끈끈하게 흘렸다.

그러나 본대에 도착한 신병들은 발이 부르트게 고생한 보람을 느꼈다. 연전연승하고 있는 조선혁명당군 병사들의 열렬한 환영을 받았기 때문이다.

"신병 여러분의 본대 합류를 열렬히 환영하는 바이올시다. 여러분도 알다시피 이제 만주까지 왜적의 손에 들어갔습니다. 이러한 때 조선의 남아가 해야 할 일이 무엇입니까! 바로 신병 여러분처럼 왜적을 치러 나서는 것입니다. 그럼에도 친일파나 밀정이 날로 늘고 있으니 이런 통탄할 일이 어디 또 있겠습니까? 왜놈과 민족 반역도배 놈들을 몰살시키는 것이 우리 조선혁명당군의 사명입니다. 하나뿐인 목숨을 걸고 나선 여러분을 하늘이 도울 것입니다. 앞으로 부대 규율을 잘 지키고, 동지들과 화목하면서 용맹스럽게 싸워 주기 바랍니다."

총사령관 양세봉 장군의 환영사였다.

어금니를 맞문 김건오는 말로만 듣던 양세봉 장군을 우러러보고 있었다. 일본군과 싸워 한 번도 진 적이 없는 장군이 바로 눈앞에 있었던 것이다.

흥경현에는 조선혁명당군과 연합한 이춘윤의 중국 의용군도

함께 주둔해 있었다. 조선 사람이 많이 사는 그곳은 전략적으로
도 중요한 곳이었다.

열흘쯤 지나 부대에 비상령이 내려졌다. 일본군과 만주군이 합
세해서 쳐들어오고 있었던 것이다. 한중 연합군은 신속하게 병력

을 배치했다.

박격포와 기관총 공격의 지원 아래 적들이 성으로 돌격해 왔다.

"사겨억 개시!"

한중 연합군에 사격 명령이 떨어졌다.

타앙!

김건오는 깜짝 놀랐다. 옆의 고참병이 쏜 총소리였다. 김건오는 숨을 몰아쉬며 몰려오는 일본군을 향해 방아쇠를 당겼다.

한중 연합군이 일제히 퍼붓는 사격에 일본군과 만주군은 비명을 지르며 픽픽 쓰러졌다. 희생자가 속출하자 적들은 시체와 부상자들을 끌고 허겁지겁 사격권 밖으로 물러났다.

대오를 정비한 적들은 다시 박격포와 기관총 공격을 앞세워 돌격해 왔다. 그러나 이쪽의 격렬한 반격으로 적들은 다시 물러났다.

치열한 전투가 반복되면서 한나절이 다 지나갔다.

오후에도 전투는 계속되었다. 적들의 사상자도 많았지만 이쪽
도 희생자가 생겼다. 박격포 때문에 입는 피해였다.

어느덧 해가 기울고 있었다. 적들은 더 이상의 공격을 포기한
채 물러나기 시작했다. 그들이 자동차에 싣는 사상자는 수백 명
이었다.

"만세에!"

"만세에!"

스산한 석양빛을 등지고 퇴각하는 적들을 바라보며 한중 연합
군 병사들은 목이 터져라 만세를 외쳤다. 1천여 명이 4천여 명을
상대로 끝내 전략 요충지를 지켜 낸 대승이었다.

다음 날 동포들은 돼지를 잡고 떡을 해 잔치를 열었고, 양세봉
장군의 승리 소식은 동포들 마을로 빠르게 퍼져 갔다.

44

먼 저쪽의 그대

졸업을 앞둔 송가원은 결혼 문제로 고민에 빠져 있었다. 박정애와 민동환은 서로 자기네 동생과 짝을 지어 주려고 무척이나 적극적이었다.

한쪽부터 정리를 하려고 민동환에게 박정애네와 얽힌 이야기를 털어놓았다.

"자네 그 여잘 사랑하나?"

민동환의 저돌적인 물음이었다.

"글쎄……."

"그럼 간단하잖은가? 학비를 갚아 버리면 되지."

민동환은 이런 식으로 밀어붙였다. 혹 떼려다가 오히려 혹 붙인

격이었다.

문제는 두 여자 다 마음에 들지 않는다는 데 있었다. 박미애는 사회문제에는 털끝만큼도 관심이 없고 보석이며 외제 옷 같은 것에만 온통 정신이 팔려 있는 속물이었다. 민동환의 여동생도 얼굴에 싸늘한 냉기가 흐르는 것 같아 영 정이 붙지 않았다. 두 여자를 제치고 다가드는 얼굴은 옥비였다.

송가원은 양쪽에 어물어물 미뤄 가면서 졸업식을 맞았다.

"축하해요. 정말 멋있어요."

졸업식장에서 나오는 송가원에게 박정애가 꽃다발처럼 환하게 웃으며 악수를 청했다.

"축하드립니다."

한껏 멋을 부린 박미애가 언니 옆에서 고개를 까딱했다.

"근데 어떻게 된 거죠? 형님을 만나 뵐 줄 알았는데 아무리 찾아도 안 보이니."

박정애가 의아스러워했다.

"며칠 전에 편지로 축하받았습니다."

"편지요? 왜, 또 아픈가요?"

"아니오. 경찰 보호 조처 때문에요."

"저런 못된 놈들. 아주 창살 없는 감옥을 만들었군."

"언니, 누가 듣겠어."

박미애가 언니를 쿡 찔렀다.

송가원은 떨떠름하게 웃었다.

"송가원 씨, 우리 함께 축하 파티 해요. 허탁 씨도 오기로 했어요."

"파티요?"

"좋은 장소까지 찾아 놨어요."

"아니, 아까부터 뭘 찾으세요? 누구 또 올 사람 있어요?"

박미애가 쏘는 듯한 말투로 물었다.

"아, 아니, 아닙니다."

송가원이 당황스럽게 얼버무렸다.

송가원은 걸음을 옮기면서 다시 사람들을 둘러보았다. 그러나 옥비는 보이지 않았다. 졸업식에 오라는 말에 그저 웃기만 했지만 올 것 같은 눈치였는데 이상한 일이었다.

박미애는 그런 송가원에게 자꾸 눈을 흘겼다.

송가원은 파티라는 것을 한 이후로 며칠째 자취방에만 박혀 있었다. 그런데 뜻밖에도 옥비가 찾아왔다.

"아니, 어쩐 일이오? 정작 졸업식에는 오지도 않고."

송가원은 반가움과 당혹감이 엇갈리는 마음으로 옥비를 맞이했다.

"그럴 일이 좀 있어서……."

옥비는 슬픈 듯한 웃음을 희미하게 흘렸다.

"공허 스님한테서는 소식이 없소?"

송가원은 손님 대접을 위한 말거리를 찾고 있었다.

"예……, 다른 것이 아니고, 요것이 2천 원인디, 빚진 학비를 갚으시라고…… 졸업 전에 해 올라고 애썼는디……."

옥비는 한지에 싼 뭉치를 내놓았다.

"아니, 그게 무슨 소리요? 내가 빚진 것을 어떻게 알았소?"

송가원의 목소리가 격하게 떨렸다.

"그만 가겠구만요."

옥비가 서둘러 일어섰다.

"도대체 그걸 어떻게 알았소?"

충격과 혼란에 빠진 송가원은 벌떡 일어나 옥비를 가로막았다.

"아무것도 묻지 마시고……."

애원하듯 송가원을 바라보는 옥비의 눈에 눈물이 핑그르 돌았다.

옥비가 방을 뛰쳐나갔다.

송가원의 머릿속에 순간적으로 박정애와 박미애가 떠올랐다. 그러나 그 두 사람과 옥비는 전혀 알지 못하는 사이였다.

"옥비, 이것, 이것……."

송가원이 돈뭉치를 집어 들고 밖으로 나갔을 때 옥비는 비탈길을 마구 뛰어 내려가 인력거에 오르고 있었다.

송가원은 파티가 있던 날을 생각하며 짙은 한숨을 토해 냈다. 이미 엎질러진 물이고 깨진 항아리였다. 그것은 계획적인 일이었다. 인가에서 멀리 떨어진 별장에 그 독한 양주, 허탁 선배까지 끌어들인 완벽한 음모였다. 허탁 선배도 그 음모에 가담한 것일까? 아니다, 허탁 선배는 내 졸업을 진심으로 축하했을 뿐이고, 박정애와 박미애가 그 들뜬 분위기를 이용한 것이었다. 아침에 정신을 차려 보니 박미애가 옆에 누워 자고 있었다.

졸업식에 피붙이 하나 오지 못했다는 감상에 빠져 마구 술을 마시기 시작한 것도, 허 선배와 세상 돌아가는 이야기를 하다가 흥분해서 더 술을 마신 것도, 그 술을 이기지 못하고 정신을 놓친 것도 다 자신의 책임일 수밖에 없었다.

그따위로 일을 망쳐 놓고 옥비에게 그 이야기를 꺼낼 수는 없었다. 그런데…… 옥비가 어떻게 학비 빚을 알게 되었을까? 도무지 종잡을 수가 없었다.

한편, 옥비는 인력거 안에서 눈물짓고 있었다. 그날 일을 생각하면 서러움이 사무쳤다.

"흥, 그분하고 내가 어떤 사인 줄 알아요? 혼인할 사이예요. 그래서 우리집에서 비싼 학비며 생활비를 다 댔어요. 기생집에서 고이 창이나 해 먹고 살 일이지 주제넘게 어디다 대고 꼬리를 치고 덤벼, 덤비길. 한 번만 더 그분 만났다간 가만두지 않을 테니까 똑똑히 명심해."

박미애라고 했다. 학비를 대 주는 조건으로 혼약을 했다니, 믿을 수가 없었다. 그건 박미애라는 예의 없고 천박한 상대한테서 느낀 여자로서의 직감이었다.

'창이나 해 먹는 것? 꼬리를 쳐? 가만두지 않는다고?'

옥비는 학비를 갚게 해서 송가원이 그 못된 여자의 올가미에서 벗어나게 해 주고 싶었다. 그렇게 상스러운 여자가 그분의 아내가 되는 것을 그냥 보아 넘길 수가 없었다. 그래서 큰돈을 구하는 데 눈독을 들이기 시작했다. 소리를 알고, 재산이 많고, 마음이 넉넉한 사람을 찾아야 했다. 경상도 진주 부자 이병연을 만나기까지 몇 달 동안 옥비는 속병이 다 생길 지경이었다.

송가원은 2천 원을 은행에 저금해 놓고 공허 스님이 오기를 기다렸다. 스스로는 돈을 돌려줄 용기가 나지 않았다.

박미애 쪽에서는 아주 마음 놓고 혼인 준비를 하고 있었다. 박미애는 이제 언니를 제쳐 놓고 병원 자리부터 보러 다니자고 성화였다.

송가원은 박미애와 건건이 충돌을 일으켰다.

"집에서 다이아 반지를 해 준다니까, 우리 친구들 만나면 가원 씨가 해 줬다고 해요."

"뭐요? 그렇게는 못 하겠소."

"아니, 해 주지는 못할망정 무슨 오기예요?"

"오기가 아니라 그따위 거짓말은 하기 싫다 그거요."

"그게 왜 거짓말이에요? 서로 체면을 세워 주는 거지."

"그따위로 체면을 세우는 건 죽기보다 싫소."

"참 잘났군요. 그럼 어쩔 거예요?"

"금반지를 끼시오. 나도 금반지는 해 줄 수 있으니까."

"몰라요, 나 가겠어요."

박미애는 부르르 성질을 내며 돌아섰다.

"빨리 병원 자리 보러 다녀요."

"필요 없소. 아직 수련 과정이 남아 있으니까."

"미리 자리를 잡아 둬야지요."

"난 개업을 해도 서울에서 할 생각이 없고, 처가 덕을 보고 싶
지 않소."

"뭐라구요? 그럼 어디서 개업할 건데요? 개업은 무슨 돈으로
하구요?"

"개업은 고향 쪽으로 가서 할 거고, 돈이야 벌어서 하면 됩니다."

"아이고 엄마, 나 미치겠네."

송가원은 끝까지 굽히지 않았다. 처가 덕을 본다는 것 자체가
비위에 거슬렸고, 그런 조건으로 얽어 자신을 함정에 빠뜨린 박정

애와 박미애에게 보복하고 싶은 마음도 있었다.

"남자다워서 좋아요. 하지만 후회하게 될 거예요."

박정애가 쓰게 웃었다.

"의사 월급이 얼마나 많은지 알아요? 자취 생활에 비하면 호화롭게 살게 될 겁니다."

송가원은 쥐어박듯이 말해 버렸다.

"내가 고생하는 건 생각 안 해요?"

"허영과 사치를 버리면 고생할 게 없지요."

"고집불통에 공산주의자 사고방식까지 가졌군요. 그럼 뜻대로 해요."

앞서 나가는 박정애를 보며 송가원으로 속으로 통쾌하게 웃어졌혔다.

공허 스님은 혼례식이 지난 다음에야 나타났다. 송가원은 그동안 일어났던 일을 다 털어놓고 옥비에게 돈을 전해 달라고 부탁했다.

"그려, 옥비가 그 큰돈을 만들자면 어떤 한량헌티 신세를 진 것인디, 일이 다 꼬이기는 혔어도 옥비의 그 깊은 맘을 자네가 잊어서는 안 될 것이네."

"예……"

송가원은 고개를 떨구었다. 돈을 주고 나가는 옥비의 눈에 그렁거리던 눈물이 가슴을 쳤다.

　얼마쯤 지나 송가원은 민동환을 만났다.

　"자네가 앞장서서 형님을 좀 뵈러 가게 해 주게."

　민동환의 말이었다.

　"자네 정말 잡지를 하려나?"

　송가원은 조금 걱정스러운 마음으로 민동환을 바라보았다.

　"만석꾼 자식 그냥 놀고먹으면 노름에 술에 빠져 패가망신한다
는 거 잘 알지? 나 솔직하게 하는 말인데, 잡지사 발행인이면 사
회 명사 아닌가? 그 명함을 갖는 데 그만한 돈 없애는 거 아까울
것 없잖은가? 그리고 형님께서 편집을 맡아 내용을 알차게 만들
면 사회에 공헌도 하고 말야."

　민동환은 구김살 없이 웃었다. 그 솔직함이 송가원은 든든하게
느껴졌다.

　"잡지 성격이나 내용은 정했나?"

　"문학을 중심으로 종합잡지를 만들면 어떨까 싶은데, 구체적인
것은 형님하고 상의해서 결정해야지."

　"헌데, 서울에도 능력 있는 사람이 많을 텐데 왜 하필 우리 형
님이지?"

　"물론 서울에 문필가, 문학가, 편집 경력자들은 많지. 그런데 자
네 형님은 두 번씩이나 감옥 생활을 한 투쟁 경력 소유자야. 난

형님이 편집 책임자로 딱 맞다고 생각하네. 자네와 나와의 관계는 1퍼센트 정도 작용했을 거네. 이해가 되나?"

"그 잡지 매양 판금 당하겠군."

이렇게 말을 하면서도 송가원은 민동환이 고마웠다.

"이 사람아, 형님이나 나나 잡혀 들어가지 않을 선에서 판금을 당해야 잡지가 유명해져."

"아이고, 벌써 경영자 다 되셨네. 그래, 월급은 많이 주려나?"

송가원은 농담조로 물었다.

"당연하지. 생활은 보장해 드려야지."

"고맙군."

"이 사람아, 정떨어지게 그런 말 마. 언제 가려나?"

"자네 좋은 날에."

"그래, 그럼 모레가 어떤가?"

"그러세."

"청은 들어주시겠지?"

"그건 염려 말게. 내가 강제로라도 움직이게 할 테니까."

"고맙네."

"이 사람아, 정떨어지게 그런 말 마."

둘은 마주 보고 웃었다.

45

혁명은 외로운 것

땡볕이 쏟아지는 푸른 들녘을 고급 승용차가 달리고 있었다.

"하이고, 우리는 숨 막혀 죽겠는디 저 잡것은 얼마나 시원헐꼬."

논에서 피를 뽑던 여자가 땀을 훔치며 멀리서 달려가는 승용
차를 바라보았다.

"저놈이 요번에 열다섯 살 먹은 첩을 들였다는구만."

"갸를 빚 50원에 뺏어 왔다면서?"

"이자까지 치면 80원이라데."

"그 부모는 만주로 떴다등마."

"저런 껍데기를 뒤집을 놈, 누가 칵 안 죽이는가!"

"아이고, 꿈도 꾸지 마소. 그동안 그런 맘 먹은 사람들 다 경찰

에 잡혀갔응게."

"아이고, 천불이야! 차나 팍 엎어져 버려라."

품앗이하고 있는 다섯 여자는 험담과 욕을 한바탕 해 대며 더위를 이겨 낼 기운을 차리고 있었다.

여자들의 바람과는 달리 자동차는 들길을 잘도 굴러 죽동 마을 앞에 이르렀다. 차가 멈추자 누군가가 잽싸게 뒷문을 열었다. 하시모토가 차에서 내렸다. 그가 내리자 나란히 서 있던 예닐곱 명이 허리를 반으로 꺾는 일본식 인사를 했다. 턱 끝으로 인사를 받은 하시모토는 마을 쪽으로 눈길을 돌렸다.

"예, 예, 가시지요."

농감이 허리를 굽실거리며 길을 안내했다.

당산나무 아래에는 열 명쯤의 젊은이들이 서성거리고 있었다. 그들 옆 한쪽으로는 여행 가방 같은 것들이 수북하게 쌓여 있었다.

"에에 또, 자네들이 농촌계몽 나온 학생들인가?"

하시모토가 지팡이 끝을 휘저으며 젊은이들에게 물었다.

"예, 그렇습니다."

한 남학생이 앞으로 나서며 대답했다.

"나는 이 농장 경영주다. 내 농장에서는 계몽 활동을 할 수가 없으니 당장 물러가라!"

하시모토가 살벌하게 명령했다.

"예, 그 말 들었습니다만 저희는 순수한 뜻에서 농민들을 도우려는 겁니다."

"잔소리 마라. 내 소작인들은 다 내가 알아서 한다. 당장 떠나라."

"죄송합니다만, 농토는 선생님 소유일지 모르나 소작인까지 선생님 소유는 아니지 않습니까?"

"건방진 놈, 경찰서 유치장 맛을 봐야 정신 차리겠어? 네놈들 아니라도 총독부에서 농촌진흥운동을 하고 있어. 이봐, 저놈들 몰아내!"

하시모토는 고개를 돌리며 명령했다.

"예, 알겠습니다."

농감은 허리를 굽히고는, "얘들아, 저놈들 몰아내라." 하고 자기 옆에 둘러선 젊은이들에게 일렀다.

불량기 띤 젊은이들이 학생들에게 우르르 몰려갔다.

"여러분, 다들 떠납시다."

대표의 말에 다른 학생들이 가방을 집어 들었다.

"세상에, 이런 데가 다 있네."

한 여학생이 한숨을 푹 쉬었다.

"저놈 차 타고 다니는 거 봐. 얼마나 지독하게 착취를 했으면."

한 남학생이 침을 내뱉었다.

여름방학을 맞아 농촌계몽 활동을 나온 학생들은 어쩔 수 없이 마을을 떠났다.

"저놈들이 딴 마을로 가면 안 되니까 따라가서 우리 땅에서 완전히 몰아내. 저것들이 공산주의자는 아니지만, 그래도 저것들이 거쳐 가면 소작쟁의가 더 일어난단 말야."

하시모토는 농감을 노려보았다.

"예, 깨끗하게 몰아내겠습니다."

농감이 돌아서며 젊은 패거리에게 따라오라고 손짓했다.

하시모토는 당산나무 그늘에 가서 가늘게 뜬 눈으로 들녘을 바라보고 있었다. 머리카락은 희끗희끗했고, 살도 많이 불어 있었다. 그는 말을 쏘아 죽인 다음에 차를 사서 타고 다녔다.

"면사무소로."

하시모토는 차에 오르며 운전수에게 일렀다.

면사무소를 찾아가 농촌진흥운동 강연회를 더 많이 열게 할 작정이었다. 학생들을 쫓아내기는 했지만 그것들이 가까운 데서 그놈의 계몽 바람을 일으키면 그 영향이 자신의 소작인들에게 안 미칠 수 없었다. 학생 놈들이 농민들에게 한글을 가르친다 어쩐다 하는 것도 문제지만, 더 큰 문제는 그놈들이 팔다리를 걷어붙이고 농사일을 거드는 것이었다. 농사지어 보지 않은 놈들이 일을 거들어 봐야 오죽할까마는 그게 소작인들의 마음을 사로잡기도 했다. 자신의 소작인들이 그걸 부러워하며 마음이 흔들리게 놔둬서는 안 될 일이었다.

다음 날 밤부터 하시모토의 논을 소작 부치고 있는 사람들은 마을 회관이나 타작마당에 모여 강연을 들어야 했다. 강연에 나선 사람들은 면사무소, 주재소, 금융조합의 간부들과 보통학교 교사들이었다. 농촌진흥운동은 총독부에서 추진하는 사업이었으므로 하시모토는 그야말로 손 안 대고 코 푸는 셈이었다.

"우가키 총독 각하께서는 잘사는 농촌, 굶는 사람이 없는 농촌을 만들기 위해 목표를 세우셨습니다. 첫째가 춘궁 퇴치입니다. 봄철에 굶는 보릿고개를 없앤다 그겁니다. 둘째는 차금 퇴치입니다. 이건 빚을 얻어 쓰는 것을 없앤다는 말입니다. 그럼 이 목표를 어떻게 이루느냐, 바로 자력갱생으로 이룰 수 있습니다. 자력갱생이란 농민들 스스로 힘쓰고 노력해서 생활을 일으켜야 한다는 말입니다. 그럼, 지금까지 조선 사람들이 어땠는지 살펴볼 필요가 있습니다. 조선 사람들의 가장 나쁜 점은, 첫째 게으른 것입니다. 둘째 미개하고 무지하여 머리를 쓸 줄 모르는 것입니다. 셋째 나라를 위해 한마음 한뜻으로 뭉치지를 못합니다. 이 세 가지 점만 고치면 여러분들은 금방 배곯지 않고 잘살 수 있게 됩니다. 그럼 그것을 어떻게 고치느냐? 간단합니다. 일본 정신과 일본 풍습을 본받으면 됩니다. 그러려면 첫째, 대일본 제국의 백성임을 깨닫고 국기 게양을 잘해야 합니다. 둘째, 신사참배를 열성으로 해야 합니다. 셋째, 남 험담이나 하면서 게으름을 피우지 말고 부지런히 일해야 합니다. 넷째, 나라를 위해 세금을 즐거운 마음으로 내고, 약속을 잘 지켜야 합니다. 다섯째, 괜히 빨래하느라 고생하지 말고 흰옷에 검정 물을 들여 입어야 합니다. 이런 것을 적극적으로 실천하면 여러분은 빚도 지지 않고 밥도 굶지 않고 잘살게 될 것입니다."

1931년 6월에 조선 총독이 된 우가키는 조선 사람들을 장악하기 위한 정책을 폈다. 그 방법은 '조선인들에게 적당히 빵을 제공'하고 '조선인을 경멸하는 일본인의 태도를 고쳐서' 내선융화를 이루어 나아가는 것이었다. 그것을 위해 내놓은 방안이 농촌진흥운동이었다.

그 계획은 전국의 도·군·읍·면에 농촌진흥위원회를 만들고, 경찰관과 관리들을 동원하면서 시작되었다. 경찰관과 관리들뿐만 아니라 교사와 금융조합 직원들까지 지도자로 동원되었다.

그러나 조선 전체의 토지 가운데 60퍼센트를 인구의 3.5퍼센트밖에 안 되는 지주들이 차지하고 있었다. 그 땅을 빼앗아 농민에게 나누어 주지 않는 한 총독부가 내세운 춘궁 퇴치며, 빚을 없애는 일이며, 적당한 빵을 제공하는 일이란 애당초 공염불이고 거짓말이었다.

여름밤의 은하수가 기울 만큼 밤이 깊어 있었다. 저편 어둠 속에서 별똥별이 긴 꼬리를 그리며 반짝했다가 사라졌다.

그림자 하나가 담을 뛰어넘어 안채 쪽으로 빠르게 움직였다.

"정 형, 정도규 형!"

그림자의 낮고 빠른 목소리였다.

"누, 누구요?"

방 안에서 놀란 목소리가 울렸다.

"정 형, 나 안종화요."

밖으로 나온 정도규는 어둠 속에서 안종화의 손을 마주 잡았다.

"안 형, 이게 어쩐 일이오?"

"쫓기다 보니……."

"갑시다, 사랑으로."

정도규가 앞장섰다.

"불은 안 켜는 게 좋겠소. 출감 이후로 집에 갇혀 감시당하고 사는 형편이오."

사랑방으로 들어서며 정도규가 말했다.

"아, 그래서 서울 걸음을 한 번도 못 했군요. 서울보다 형편이 더 고약한데요."

"그럴지도 모르죠. 바닥이 좁고 감시하기가 쉬우니까요. 헌데,

어떻게 된 일입니까?"

"서울고무회사와 경성제사공장을 대상으로 공작을 진행하다가 드러나고 말았어요."

"고무회사와 제사공장이면 탄탄한 곳인데……."

정도규는 조직이 드러난 것을 무척 아쉬워했다.

"그럼 생활이 감옥살이나 같겠군요?"

안종화는 말머리를 돌렸다.

"그럴 수야 없지요. 밤에 세포들을 움직여 조직 구축을 꾀해 왔어요."

"이렇게 갇혀 있느니 이번에 저와 함께 서울로 숨어들어 가는 게 어떻습니까? 계속되는 검거로 지금 일할 사람이 없고, 우리 운동은 노동자가 중심이 돼야 하는데 정 형 같은 사람이 시골에서 농민들만 상대하고 있어서야 되겠어요?"

정도규는 그의 말에 거부감이 들었다.

"글쎄요……, 혁명 투쟁에서 노동자가 중심이고 농민은 덜 중요하다는 이론은 다시 생각해 볼 문제가 아닌가 합니다. 노동자를 중심으로 생각하는 것은 소련 혁명의 원칙이고, 지금까지 우리 조선에도 그 원칙을 그대로 적용해 왔습니다. 그런데 거기에 문제가 있다는 생각이 들었습니다. 결론부터 말하면 그건 소련 사회, 아니 러시아 사회에 맞는 원칙이지 조선 사회에 맞는 원칙은 아니라는 점입니다. 혁명 직전의 러시아 사회는 도시에 노동자가 많았습니다. 그들은 자본주의의 모순도 알고 있었고요. 반면에 농민들은 농토가 워낙 넓다 보니 서로 멀리 떨어져서 살 수밖에 없었습니다. 그리고 소작농보다는 자작농이 훨씬 많으니까 자기 땅을 지키려는 생각도 강할 수밖에 없었지요. 그러니 노동자들보다 투쟁의 열의가 떨어질 수밖에요. 그런데 조선에 노동자가 생겨난 것은 길게 잡아야 10년이고, 그 수도 100만을 넘지 않습니다. 농민들은 어떻습니까? 우리나라는 땅이 좁아 멀리 떨어져 살고 싶어도 그러지 못하고 함께 모여 살고 있습니다. 또한 왜놈들 세상이 되면서 소작농이 전체 농민의 85퍼센트로 치솟았습니다. 그러니까 전체 조선 백성의 90퍼센트가 농민이고 그 가운데 85퍼센트가 소작농입니다. 다시 말할 필요도 없이 그들은 아무것도 가진 게 없는 사람들입니다. 우리 농민들은 노동자들을 앞지르는 투쟁성과 혁명성을 지니고 있습니다. 총독부 발표를 보면 지난 10년 동안 노동쟁의보다 소작쟁의가 세 배 네 배로 많이 일어났습니다. 그건 바로 농민들이 우리의 운동을 그만큼 빨리 흡수했다는 증거입니다. 그런데 우리는 그동안 무조건 소련의 이론을 적용하려고 급급하면서 농민을 가볍게 여겨 왔습니다. 그건 우리가 저지른 오류입니다. 물론 운동 지도층이 도시의 지식인들이니까 농민들을 잘 모를 수도 있지요. 그러나 소련 이론을 무조건 따르는 것은 심각한 문제입니다. 안 형은 어떻게 생각하십니까?"

"이거 참…… 저야말로 농촌이나 농민에 대해선 아무것도 모르지 않습니까? 허나 정 형의 말에 충격을 받았습니다. 소련의 이론을 무조건 따르는 것은 분명 문제가 있습니다."

"지금부터라도 우리의 현실에 맞게 방향을 세워야 합니다. 그런데 당이 없으니……."

정도규는 어둠 속에서 긴 한숨을 내쉬었다.

꼭꼭꼬오오옥―.

장닭이 목청을 뽑는 소리가 장쾌하게 울려 퍼졌다.

"어느새 밤이 다 갔군요. 더 밝기 전에 머슴을 따라가십시오. 그 포교당은 안심할 수 있으니 푹 쉬세요. 어차피 밤에만 만날 수 있으니까요."

"이거 폐가 너무 많습니다."

"무슨 말씀을……."

두 사람은 사랑방을 나섰다.

머슴을 따라 묽은 어둠 속으로 사라져 가는 안종화를 정도규는 오래도록 지켜보았다. 그러나 그의 머릿속을 채우고 있는 사람은 고서완이었다.

고서완이 그렇게 생각을 바꾸리라고는 전혀 예상하지 못했다. 아니, 어쩌면 지극히 자연스러운 일인지도 몰랐다. 그는 애초에 기독교 신자였고, 결국 종교의 틀을 벗어나지 못한 채 소극적으로 바뀐 것이었다. 굳이 이름을 붙이자면 기독교 사회주의자. 그는 변절하지는 않았지만 사회주의 운동은 분명 포기한 것이었다.

고서완은 진실하고 성실한 사람이었다. 그동안 해낸 일도 많았고, 감옥살이까지 했다. 그런데 상황의 변화에 따른 관점을 잘못 세웠던 것이다. 그렇다고 기회주의는 아니었다. 그는 방법을 바꾸는 것뿐이라고 했지만, 결국 혁명에 대한 확신과 의지가 부족했다.

"26년부터 작년까지 7년 동안 감옥에 갇힌 사람이 3,500명을 넘습니다."

"알고 있소."

"단속은 자꾸 심해지는데 앞으로 더 많은 사람들이 잡혀 들어갈 것 아닙니까?"

"당연하오."

"이렇게 검거되다간 결국 뿌리가 뽑힐 게 뻔하지 않습니까? 그런 무모한 대응이 어디 있습니까?"

"절대 뿌리 뽑히지 않소."

"무슨 말씀입니까?"

"우린 그동안 고보 1학년한테도 교육했소. 그들은 자라나고 있고, 그들은 또 아래 세대를 교육할 것이오. 그리고 출감한 사람들은 또 운동을 계속할 거요."

"그건 지나친 낙관일 수도 있습니다."

"어차피 낙관 없이 혁명은 꿈꿀 수 없소."

"망상은 과학이 아니지 않습니까. 마르크스주의는 과학인데."

"과학에 대한 확신이 없는 자에게 과학은 망상으로 보이는 법이오."

"확신이 망상일 수도 있지 않습니까?"

"미래에 대한 확신이 없는 자들은 미래에 대한 확신을 가진 사람들을 언제나 망상가라 비웃었소. 그러나 인류 역사는 결국 그 망상가들의 의지대로 변화하고 발전해 왔소."

"저는 잘 모르겠습니다. 이 상태에서 방법을 바꾸지 않는 건 무모한 자살행위입니다."

"무모한 길을 가는 것이 혁명의 길이고, 그래서 혁명은 고통스럽고 외로운 것이오. 괴로워할 것 없소. 마음먹은 일이 소극적일 뿐 변절은 아니니까 잘 해 나가도록 하시오."

"죄송합니다……."

고서완에게 한 말은 꼭 그에게 한 것만은 아니었다. 자신의 마음을 다지기 위한 말이기도 했다.

고난

열서너 평의 비좁은 공장 안에는 재봉틀 돌아가는 소리가 가득했다. 두 남자가 마치 경쟁이라도 하듯 재봉틀 발판을 밟고 있었다. 재봉틀 두 대는 공장을 절반 가까이 차지하고 있었다. 그 맞은편 벽에는 두꺼운 나무판이 책상 높이로 다붙어 있었다. 양복 재단대였다. 재단대 옆으로는 양복점으로 통하는 좁은 문이 달려 있었고, 그 건너편에 문이 또 하나 달려 있었다. 직공들이 드나드는 문이었다. 두 대의 재봉틀과 재단대가 차지하는 자리와 통로를 빼면 열서너 평의 공장은 남는 공간이 거의 없었다. 그런데 일하는 사람이 다섯이니 발 디딜 틈이 없었다. 재단사 하나, 재봉사 둘, 시다(보조원)가 둘이었다.

정육점에서는 칼 든 자가 제일이듯 양복 공장에서는 가위 든 재단사가 제일이었다. 그다음이 재봉사인데, 재봉사라고 다 같은 재봉사가 아니었다. 재단사가 일감을 넘겨주는 오른쪽 재봉사가 상급이고, 그 옆의 재봉사는 하급이었다. 등급은 두 명의 시다에 게도 있었다. 구석에 앉아서 재봉사한테 일감을 넘겨받는 시다가 상급이고, 앉지도 못하고 허둥지둥 잡일을 하는 시다가 하급이었다.

"야 이 새끼야, 불 꺼지는 거 안 보여!"

재단사가 가위를 던지며 버럭 소리쳤다.

"예, 예, 알겠습니다."

두루마리 옷감을 간추리던 시다가 화들짝 놀라 뒷문으로 뛰어나갔다.

"저 조센징 새끼 저거, 손이 곱아 가위질이 제대로 되나 말야."

재단사가 혀를 찼다.

"조센징들 설인가 뭔가 때문에 우리들만 죽어나는 거지요, 뭐."

쉴 기회를 잡았다는 듯 상급 재봉사가 재봉틀을 멈추며 말을 받았다.

"그러게 말야. 조센징 새끼들은 왜 꼭 구정을 쇠느라고 지랄이야, 지랄이."

재단사는 신경질을 부렸다.

"저…… 그 말 해 보셨어요?"

하던 일을 매듭지은 하급 재봉사도 일손을 놓으며 조심스레 입을 열었다.

"말하나 마나 아니냐? 먼 산만 바라보고 들은 척도 안 하더라."

재단사가 사장이 있는 양복점 문 쪽에다 대고 눈을 흘겼다.

그때 하급 시다가 석탄 담은 양철통을 들고 난로 앞으로 다가섰다.

"밤일까지 시켜 떼돈을 벌면서 너무하는 것 아닌가요?"

하급 재봉사는 얼굴이 구기며 투덜거렸다.

"이 새끼야, 상여금도 못 받고 골 빠지는데 석탄이나 제때제때 퍼 넣으란 말야!"

재단사가 석탄을 넣느라 허리를 구부린 하급 시다의 엉덩이를 걸어찼다.

"아이고메!"

몸이 난로 쪽으로 쏠리자 하급 시다는 질겁했다.

'나쁜 놈의 쪽바리 새끼, 불이 이렇게 좋은디, 공연히 달달 볶아 대는 것이제.'

하급 시다는 이글거리는 불덩이 위에 석탄을 퍼 넣으며 속으로 화풀이를 하고 있었다. 얼굴이 꺼칠하게 메마른 그 젊은이는 손판석의 아들 손일남이었다.

공장 안에는 다시 재봉틀 돌아가는 소리가 요란했다.

손일남은 재단을 위해 옷감을 풀어 잘라 낸 다음 다시 감는 일을 했다. 옷감통을 한쪽 무릎 위에 올려놓고 옷감을 감는 그의 손놀림은 기계처럼 빠르고 정확했다.

옷감을 다 감은 손일남은 옷감통을 들고 일어섰다. 그는 비좁은 통로를 지나가면서 부딪치지 않으려고 온 신경을 쓰며 양복점으로 나가 옷감통을 제자리에 밀어 넣고는 다시 공장으로 들어섰다.

'아…… 나는 언제 저렇게 되나……'

손일남은 재단대를 볼 때마다 어김없이 부러움이 일었다. 양복 기술을 배우겠다고 집을 떠나온 후로 수천 번도 더 한 생각이었다.

몇 해 동안, 분하고 서러운 꼴을 하도 많이 당해 서울에 온 것을 후회도 하고, 집으로 돌아갈 생각도 얼마나 많이 했는지 모른다. 그러나 그때마다 어머니 얼굴이 떠올랐다.

"일남아, 이 에미는 니만 믿는다. 일본 사람들 밑에서 기술 배운다는 것이 얼마나 힘들고 어렵겠냐? 그래도 참고 또 참으면서 그저 기술만 배워라. 니는 손재주가 좋으니 금세 배울 것이여. 아부지는 몸 부실허제, 형제는 많제, 장남인 니가 실해야 안 되겠냐? 잘혀라 잉."

역까지 따라 나온 어머니가 한 말이었다.

얻어맞고 구박을 당할 때마다 손일남은 어머니를 생각하며 참고 견디어 냈다.

옷감통 여섯 개를 다 옮긴 손일남은 가봉이 끝난 바지를 들고 앉았다. 바지 안쪽에 박음질이 끝난 부분을 감치기 위해서였다. 양복점 직공 생활 몇 년 동안 가까스로 익힌 기술이 바지 속 감치기, 바지 단추 달기, 바지 단춧구멍 엮기였다. 바지나마 손대게 된 것이 미처 1년도 못 되었다. 그전에는 잡일만 할 뿐 옷에는 손도 대지 못했다. 양복을 거치고, 재봉틀을 거치고, 재단대에서 가위를 놀릴 수 있게 되려면 그 세월이 까마득했다. 공장에 가면 기술을 배울 수 있다고 했는데 정작 기술을 가르쳐 주는 사람은 아무도 없었다.

그러나 서당 개 3년이라고 했다. 잡일을 하는 사이사이에 눈치껏 살피고 익혀서 바지나마 차지하게 되었던 것이다.

"이 새끼 이거 제법이네. 오늘부터 바지를 줄 테니까 큰절하고 받어. 그렇다고 시건방 떨면 내쫓기는 거야. 알겠어!"

바지를 들고 재단사가 한 말이었다.

손일남은 바닥에 무릎 꿇어 큰절을 하며 눈물을 씹었다. 그때도 눈앞에 떠오른 것이 어머니였다.

오후가 되면서 재단사는 양복점을 뻔질나게 오갔다. 양복을 맞추는 손님이 있을 때마다 불려 나가는 것이었다. 양복지와 색깔을 정하고, 양복 모양새를 정하고, 줄자로 치수를 재는 것이 그의 일이었다. 그 일이 중요한 만큼 그는 월급도 많이 받았다.

손일남은 그런 재단사가 부럽기만 했다. 가위 하나만 들면 재단사는 세상 어디를 가나 알아준다고 했다. 그래서인지 재단사는 누구나 가위를 가장 소중하게 여겼다. 손일남은 밤마다 재단사의 가위를 남몰래 꺼내 보는 것이 재미고 위안이었다. '나도 꼭 재단사가 돼야지……', 그때마다 다짐하는 말이었다.

월급은 상급 시다까지만 받았다. 손일남은 얼마가 되어도 좋으니 어서 월급을 탈 수 있기만 바랐다. 월급을 받으면 가장 먼저 큰 종이와 연필을 사고 싶었다. 거기다 온갖 모양의 옷본을 그려 가며 재단 연습을 할 작정이었다.

한 달 이상 야근을 하게 만든 음력 설 경기도 설을 며칠 앞두고 사그라들었다. 설에 맞춰 입으려고 사람들이 양복을 다 찾아간 것이었다.

야근에서 벗어난 손일남은 한 집 건너 양화점의 시다인 배춘복을 만날 수 있게 되었다. 배춘복은 서로 같은 처지라서 가까워진 유일한 친구였다.

"일남아, 내다. 문 좀 열어라."

"손에 뭘 들었간디?"

손일남은 고개를 갸웃거리며 문을 열었다.

"보래, 요래 갖고 문 열게 생겼나."

배춘복은 투가리를 들고 있었다.

"고것이 뭐여?"

"딱 보면 모르나? 해장국 아이가, 해장국."

"아니, 돈이 어디서 생겨서?"

"저기 청진동 식당 안 있나? 거기 황해도 가스나가 살짝 빼 준

기라."

"황해도 가시네가? 고것이 어쩐 일이여?"

"그 가스나 구두를 고쳐 줬능기라."

"그 가시네가 구두를 다 신어?"

"어데, 주인집 딸년이 신던 헌 구두를 얻어 갖고 뒷굽을 고쳐 달라 안 하나. 그 가스나가 헌 구두라도 신고 설에 집 찾아간다 는데, 우짜노."

"그려, 잘헌 일이구마."

"뻐떡 먹자, 식는다."

"그려, 맛나겠다."

그들은 정신없이 해장국밥을 퍼 넣기 시작했다.

"그나저나 그 황해도 큰애기 신세가 부럽네. 헌 구두라도 신고 집 찾아가니."

손일남이 혀를 찼다.

"하모, 우리에 비하면 상전 아이가."

"참, 세상은 공평허지도 못허다. 설이라고 비싼 양복 해 입는 사 람들이 그리도 많은디, 그 양복 만드느라 밤일허면서 죽사리 치 고도 집에 못 가니."

손일남이 가느다란 한숨을 내쉬었다.

"그건 그거고, 니는 꼬붕 안 생기나?"

배춘복의 말투가 자기는 꼬붕(부하)이 생기는 모양이었다. 그건 바로 월급을 받는 자리로 한 등급 올라가는 것이었다.

"니 꼬붕 생기는가?"

"아직은 모르겄다. 나태호가 어디로 옮길라는 눈친데, 자리가 비면 올려 준다 캤는데 그기 우예 될지……."

"나태호는 어째서 옮길라는디?"

"그 왜놈 히로세허고 등급은 같은데 월급은 절반밖에 안 주니께 뜰라카는 것 아이가."

"그야 거기만 그런가? 방직공장이고 고무 공장이고 우리 양복점이고, 왜놈들허고 똑같이 일허고도 월급은 절반밖에 못 받는 것이야 다 똑같은디."

"왜놈이 사장인 데야 그게 맞지만 조선 사람이 주인인 데는 그게 아닌기라. 조선 사람 공장으로 착 옮기면 등급도 오르고 월급도 제대로 받는다 아이가."

"그야 그렇지만, 그런 데로 옮기기가 어디 쉬운가?"

손일남이 한숨을 쉬며 몸을 부르르 떨었다. 난로의 석탄불이 사그라들고 있었다.

손일남은 무슨 수를 쓰든 재단사까지 올라가고 싶었다. 그러나 그 길은 보이지 않았고 앞으로의 세월도 까마득하기만 했다.

"느그 상점도 신문 보지야?"

"하모. 신문 안 보는 상점도 있능가?"

"고것 사나흘에 한두 장씩 빼다 줄 수 있을랑가?"

"헌 신문지를 뭐할라꼬?"

"다 쓸 데가 있응게."

"낼 당장 줄 테니 걱정 말그라."

배춘복이 돌아가고 손일남은 문단속을 했다. 그리고 선반에서 담요를 꺼내며 몸을 부르르 떨었다. 공장 안에는 냉기가 돌았다. 일과가 끝난 뒤에는 석탄을 땔 수가 없게 되어 있었다. 사장이 내세운 이유는 화재 위험 때문이었다.

손일남은 재단대 위에 담요를 한 자락 깔고 나머지는 덮고 누웠다. 진작 신문지를 생각하지 못한 게 이상했다. 신문지를 펼쳐 두 장을 붙이면 큰 종이의 크기였다. 연습인데 신문지인들 안 될 것이 없었다. 연필은 재단사가 쓰다 버린 몽당연필이라도 어디 있을 거였다. 그게 없으면 숯으로라도 그리면 될 일이었다. 손일남은 몸을 바짝 오그리고 떨면서도 추위를 느끼지 않았다. 그는 온갖 모양의 옷본을 그리며 잠이 들었다.

이튿날 밤, 배춘복이 신문지를 가져왔다.

"니 신문지로 뭐할라꼬 그라노?"

"다 쓸데가 있응게 묻지 말어."

손일남은 배춘복에게도 말하고 싶지 않았다.

"이놈아야, 니하고 내하고 못 헐 말이 머꼬? 뻐뜩 말해 보그라."

배춘복은 무슨 눈치를 챘는지 그냥 지나칠 기세가 아니었다.

"기술도 못 배우면서 세월만 보낼 수야 없지 않었어? 재단 기술은 그저 눈치코치로 배울 수가 없단 말이여. 그래서 그날그날 본 옷본을 여기다 연습헐라는 것이제."

손일남의 목소리가 낮아졌다.

"이놈아야, 그리 좋은 생각을 우찌 해냈노!"

배춘복은 손일남의 손을 덥석 잡으며, "구두도 재단이 제일 어려운 기술 아이가. 나도 그러면 되겠다." 하며 눈을 빛냈다.

"그러고 보니 구두도 그렇네. 그럼 니도 눈치껏 혀라."

손일남은 오랜만에 환한 웃음을 지었다.

"보래, 니캉 나캉 상점 나란히 차려 놓고 나는 니 구두 해 주고 니는 내 양복 해 주고 하면 얼마나 좋겄노. 손님도 서로 보내 주고 말이다."

무슨 눈부신 광경을 바라보는 듯 배춘복의 눈이 가늘어졌다.

"그렇게만 되면야 더 바랄 것이 없제."

손일남은 목이 메며 고개를 주억거렸다.

다음 날부터 손일남은 재단사가 그리는 옷본을 순간순간 살폈다. 그리고 밤에는 신문지를 펴 놓고 몽당연필로 그것을 그려 나갔다. 어깨가 넓은 사람 좁은 사람, 가슴이 두꺼운 사람 얇은 사람, 배가 나온 사람 홀쭉한 사람, 등이 굽은 사람, 가지가지 체형에 따라 본은 조금씩 달라졌다. 본을 다 그리고 나서는 그것을 가위로 오려 보았다. 가위질을 해 보아야 모양새가 기억에 남았다. 그런 다음에는 신문지를 갈기갈기 찢어 난로 속에 태워 버렸다.

한 달쯤 옷본 그리기를 하자 어느 정도 솜씨가 잡히기 시작했다. 그런 변화를 스스로 느끼며 손일남은 그 일에 더 열심히 매달렸다. 새로운 기운이 솟아 잡일을 하면서도 힘드는 줄 몰랐다.

그날 밤도 손일남은 옷본을 뜨느라 정신을 팔고 있었다.

"이 새끼, 너 지금 뭘 하고 자빠졌어!"

느닷없이 터진 일본말 고함이었다.

손일남은 소스라쳐 고개를 들었다.

"어!"

눈앞에 두 재봉사가 버티고 서 있었다. 옷본 그리기에 빠져 그들이 들어오는 줄 몰랐던 것이다.

"이 새끼가 감히! 이 새끼 죽여!"

상급 재봉사가 옆에 서 있는 하급 재봉사에게 소리쳤다.

"예, 알겠습니다."

하급 재봉사가 윗도리를 벗어젖혔다. 그들은 술 냄새를 푹푹 풍기고 있었다.

"이 새끼, 건방지게!"

하급 재봉사가 손일남의 배를 걸어찼다.

"아이쿠!"

손일남은 배를 싸잡고 휘청거렸다. '이 새끼 죽여!' 하는 외침대로 그들은 정말 자기를 죽일 것만 같았다.

"요런 조센징!"

상급 재봉사가 발길질을 했다.

"아구구구……."

손일남은 곧 쓰러질 듯하면서도 쓰러지지 않았다.

"이 새끼가 이거!"

하급 재봉사가 의자를 번쩍 치켜들었다. 그리고 사정없이 내려쳤다.

손일남은 재빨리 한 걸음 비켜섰다. 의자가 빗나가면서 하급 재봉사가 제 기운에 쏠려 나뒹굴었다.

"아니, 이 새끼 좀 봐! 넌 정말 죽었다!"

상급 재봉사가 소리치며 또 의자를 치켜들었다.

공장이 좁아 더는 어디로 피할 데도 없었다. 손일남은 그 의자에 머리를 맞으면 죽을 거라는 생각이 퍼뜩 들었다. 그 순간, 재단대에 놓인 가위가 눈에 띄었다. 그는 재빨리 가위에 손을 뻗쳤다. 그 순간 상급 재봉사가 내리친 의자가 그의 등을 후려쳤다.

손일남은 숨이 컥 막히고 눈앞이 캄캄해졌다. 그러나 손일남은 다시 이를 갈며 가위를 틀어잡았다.

"비켜요, 저놈은 내가 죽이겠어요!"

이런 외침에 손일남은 급히 고개를 돌렸다. 하급 재봉사가 치켜든 의자를 막 내려치려는 순간이었다. 손일남은 그에게 달려들며 가위를 내질렀다.

"아아아……!"

숨넘어가는 비명을 지르며 하급 재봉사가 쓰러졌다.

"너도, 너도 죽이고 말 거야!"

손일남은 이를 뿌득뿌득 갈며 가위로 상급 재봉사를 겨누었다.

"살인이야! 사람 살려, 살인이야!"

상급 재봉사가 밖으로 뛰쳐나가며 소리쳤다.

보름쯤 지나 손판석은 경찰서의 호출 명령을 받았다.

"나 모르는 무슨 일이 있소?"

부안댁은 불안에 떠는 얼굴로 남편을 바라보았다.

"어허, 아무 일 없당게."

퉁명스럽게 말하는 손판석의 얼굴에도 불안감이 내비쳤다.

"근디 경찰서에서 부르면 좋은 일은 아닐 것 아닝게라?"

"그야 그렇제. 나 다녀올랑게 너무 걱정 마소. 별일 아닐 것이네."

손판석은 이렇게 말하고 집을 나섰지만 마음은 무겁기만 했다.

창고지기에서 떨려 난 것은 부두 노동자들의 쟁의를 방관했다는 이유였다. 언제나 그랬듯 쟁의가 잘되기를 바랐지, 쟁의를 막는 일에 협조하지 않은 것은 사실이었다. 하지만 그는 쟁의가 일어날 낌새를 전혀 몰랐다고 잡아뗐다. 그러면서 그 일로 일자리를 뺏는 것은 부당하다고 따졌다. 하지만 그 말은 전혀 통하지 않았다.

"인제 나이도 있으니 더 맘에 두지 않는 것이 좋겠구만이라. 몸도 성허지 않은디 그만허면 오래 해 먹은 것이오. 산 입에 거미줄 치는 법 없으니 맘 편히 먹고 기다려 보씨오."

서무룡이가 건들거리며 한 말이었다.

손판석은 아무 말도 못했다. 서무룡의 말이 버릇없기는 하지만 틀린 말은 아니었던 것이다. 성하지 못한 몸으로 오래 버텨 왔고, 그 일을 하기에는 나이도 너무 많이 먹은 게 사실이었다. 그동안 버텨 온 것도 협조하는 척만 했던 경찰의 끄나풀 노릇과, 서무룡이와 가까운 사이라는 것 때문이었다.

손판석은 앞으로 먹고살 일이 막막했다. 나이는 먹고, 몸은 부실하고, 자식들은 많고, 말년이 한심스럽기만 했다. 앞날이 캄캄하니까 지난날이 자꾸 떠오르면서 지삼출이며 송수익 장군 같은 분이 그리웠다.

손판석은 쭈뼛거리며 경찰서 사찰과를 찾아갔다.

"당신이 손판석이라고?"

일본 형사가 싸늘하게 내쏘았다.

"예에……, 무슨 일인지……."

손판석은 손을 모아 잡았다

"당신 아들이 손일남이야?"

"예에……."

손판석의 가슴이 쿵 울렸다.

"당신 아들이 사람을 죽였어!"

"예에?"

손판석은 불편한 다리가 휘청 꺾이면서 털썩 주저앉았다.

〈제4부 「동트는 광야」, 10권에 계속〉

조정래 대하소설

아리랑

[제3부 어둠의 산하]

주요 인물 소개
소설에 담긴 역사 속 주요 사건

주요 인물 소개

송수익

사랑방 모퉁이에 서당을 차려 동네 아이들을 가르쳤으나 나라의 정책이 바뀌어 그마저도 하지 못하고 뒤숭숭한 마음에 신문을 읽으며 세상의 변화를 관망하고 있다가 의병을 일으켜 일본에 대항하고 국내 사정이 여의치 않자 만주로 이동해 독립 운동을 펼친다.

신세호

잃어버린 나라를 걱정하는 마음은 크지만, 직접 독립운동에는 나서지 못하는 양반으로 송수익과 친구이다. 집을 떠나 있는 친구를 대신해 그 집안을 보살피고, 독립운동을 후방에서 지원한다.

꿍허

의병 활동 중에 송수익을 만나 그의 손과 발이 되어 만주와 국내를 잇는 역할을 한다. 양반이면서도 모든 사람을 평등하게 대하는 송수익에 매료되어 존경한다.

송중원

아버지 송수익의 친구인 신세호의 도움으로 떠난 동경 유학 중에 허탁을 만나 함께 지하 독립운동을 펼친다.

송가원

송수익의 둘째아들로 아버지의 뜻을 따르는 방법으로 의예과를 졸업해 의사로서 독립운동을 돕기로 마음먹는다.

옥녀

소리꾼 옥비로 기방에서 노래를 하며 돈을 벌어 송가원을 보살피며 사랑을 키운다.

이경욱

일본인의 마름으로 재산을 축적하는 아버지 이동만을 부끄러워하면서 학생 독립운동에 참여한다. 옥녀의 소리를 들은 후 그녀에게 연모의 마음을 품는다.

허탁

송중원의 친구로 일본 유학 시 공산주의 사상에 빠져 지하 독립운동에 몰두한다.

박정애

일제 치하에서 부를 축적한 중인 계급으로 신분적인 열등감에 나라를 걱정하기보다는 개인의 삶에 집중하면서도 공산주의자 허탁에 대한 연모를 품고 어려울 때마다 그와 그 주변 인물들을 재력으로 돕는다.

양치성

아버지가 병으로 세상을 떠난 후 동생들을 부양하기 위해 구걸하다가 우체국장 하야가와의 눈에 띄어 일본 유학을 다녀온 후 정보 요원으로 일한다.

정도규

큰형 정재규와 작은형 정상규의 재산 다툼을 해결하고, 물려받은 재산으로 동네 사람들을 보살피며 국내외의 독립운동을 지원한다.

방대근

송수익을 따라 의병에 나선 소년으로 하와이 사탕수수 농장으로 팔려 간 방영근의 막냇동생이다. 신흥무관학교를 졸업하고 무장 투쟁의 길을 걷는다.

소설에 담긴 역사 속 주요 사건 : 1921~1933년

산미증식계획
일제가 한국을 일본의 식량공급지로 만들기 위해 1920년부터 1934년 사이에 실시한 농업 정책이다. 한국의 토지 개량을 통해 쌀을 증산하여 일본으로 보내 식량 부족 문제를 해결하겠다는 계획이었다.

노동 쟁의
1920년대 사회주의의 영향을 받아 일어난 노동자와 사용자 사이의 분쟁으로, 값싼 임금 문제와 열악한 노동 조건이 주요 쟁점이었다. 일제가 운영하는 공장에서 주로 발생하였으며, 반일·반제국주의를 내세워 경제적 항일 운동의 성격을 띤다.

자유시 참변
1921년 러시아령 자유시에서 한국 독립군인 사할린 의용대를 러시아 적군(赤軍)이 무장 해제시키는 과정에서 발생한 무력 충돌이다. '흑하사변(黑河事變)'이라고도 한다.

치안 유지법
1925년 일제가 반정부·반체제 운동을 단속하기 위해 제정한 법률이다. 무정부주의, 공산주의 운동 등 일제의 식민지 지배에 저항하는 일체의 사회 운동을 조직하거나 선전하는 자는 중벌에 처하도록 하는 탄압법이었다.

6·10 만세운동
1926년 6월 10일 순종의 출상일을 기하여 학생층을 중심으로 일어난 독립운동으로, 병인 만세운동이라고도 한다. '자주 교육', '타도 일제제국주의', '토지는 농민에게', '8시간 노동제' 등의 내용을 인쇄한 전단을 뿌리면서 대규모 군중 시위 운동을 전개하였다.

상해 임시 정부 국무령 김구
상해 임시 정부는 대통령의 권력 남용을 막기 위해 국무령과 국무원을 선출하여 견제하도록 한 내각책임제를 1925년부터 채택하였는데, 김구는 1926년 12월 국무령으로 선출되었다.

신간회
1927년 1월 민족주의 세력과 사회주의 세력이 연합해 조직한 최대의 합법적 항일 단체이다. 한국의 정치적·경제적 해방과 독립을 위해 국내외에 지회를 설치하고 근검 절약 운동과 청년 운동 지원 활동 등을 전개하였다. 1931년 해산하였다.

동맹 휴학

학생들이 교육 또는 정치적 요구를 관철하기 위한 수단으로 벌이는 집단적인 등교·수업 거부 운동이다. 일제강점기에는 항일 민족 운동의 대표적인 방법으로 활발히 전개되었다.

광주 학생의 맹휴 운동

1929년 광주역에서 한·일 학생 간의 충돌 사건 발생 후, 한국 학생에 대한 일방적인 매도와 처벌로 인해 촉발된 운동이다. 이 사건은 대항일 운동으로 발전했고, 광주 학생들은 동맹 휴교 투쟁에 들어갔다. 이어 가두 투쟁 단계로 넘어가면서, 민족 각 계층의 참여가 이루어졌고, 전국으로 확산되어 1930년 서울에서 3·1운동 이후 최대의 대일 민족 항쟁이 일어나는 계기가 되었다.

소작 쟁의

소작농이 소작 조건 개선을 위하여 지주를 상대로 전개한 농민 운동으로, 한국에서는 주로 일제강점기에 전개되었다. 일제의 토지조사사업, 산미증식계획 등으로 농민의 85퍼센트가 소작농으로 전락한 데다 각종 수탈의 대상이 된 농민이 소작권의 보장, 소작료 감면, 수리조합 반대 투쟁 등을 목적으로 내세운 운동이다. 1919년 최초 발생한 소작쟁의는 초기에는 경제 투쟁이었지만 1930년대 말부터는 일반 독립운동과 합류하면서 정치적 성격의 운동으로 바뀌어 갔다.

만주사변

1931년 9월 18일 일본 관동군의 만주 침략 사건이다. 만주의 이권을 차지하기 위해 일본은 중국 유조호에서 자신들의 관할이던 남만주철도를 스스로 파괴하고는, 이를 중국 소행으로 몰아붙이며 군사 행동을 개시하여 만주를 점령하였다.

조정래 대하소설
아리랑 청소년판 9
초판 1쇄 2015년 6월 15일

원작 | 조정래
엮음 | 조호상
그림 | 백남원
발행인 | 송영석

펴낸곳 | (株)해냄출판사
등록번호 | 제10-229호
등록일자 | 1988년 5월 11일(설립일자 | 1983년 6월 24일)

121-893 서울시 마포구 잔다리로 30 해냄빌딩 5·6층
대표전화 | 326-1600 **팩스** | 326-1624
홈페이지 | www.hainaim.com

ISBN 978-89-6574-519-8
ISBN 978-89-6574-510-5(세트)

파본은 본사나 구입하신 서점에서 교환하여 드립니다.

이 도서의 국립중앙도서관 출판예정도서목록(CIP)은 서지정보유통지원시스템 홈페이지(http://seoji.nl.go.kr)와
국가자료공동목록시스템(http://www.nl.go.kr/kolisnet)에서 이용하실 수 있습니다.(CIP제어번호: CIP2015014275)